"不忘初心 缅怀先烈"丛书

陈新 张采鑫◎主编

工运领袖惊天地
邓中夏

朱司俊 著

花山文艺出版社

河北·石家庄

图书在版编目（CIP）数据

工运领袖惊天地：邓中夏 / 朱司俊著 . —石家庄：花山文艺出版社，2023.1（2025.1重印）
（"不忘初心 缅怀先烈"丛书 / 陈新，张采鑫主编）
ISBN 978-7-5511-6038-4

Ⅰ.①工… Ⅱ.①朱… Ⅲ.①传记文学－中国－当代 Ⅳ.①I25

中国版本图书馆CIP数据核字（2022）第012152号

丛 书 名："不忘初心 缅怀先烈"丛书
主　　编：陈　新　张采鑫
书　　名：工运领袖惊天地——邓中夏
　　　　　Gongyun Lingxiu Jing Tiandi —— Deng Zhongxia
著　　者：朱司俊
策　　划：张采鑫　王玉晓
特约编辑：王福仓
责任编辑：申　强
责任校对：李　鸥
封面设计：书心瞬意
美术编辑：王爱芹
出版发行：花山文艺出版社（邮政编码：050061）
　　　　　（河北省石家庄市友谊北大街330号）
销售热线：0311-88643299/48
印　　刷：北京一鑫印务有限责任公司
经　　销：新华书店
开　　本：700毫米×1000毫米　1/16
印　　张：6.25
字　　数：80千字
版　　次：2023年1月第1版
　　　　　2025年1月第5次印刷
书　　号：ISBN 978-7-5511-6038-4
定　　价：39.80元

（版权所有　翻印必究·印装有误　负责调换）

Contents 目录

引子 …………………………………… 1
一、灰色的童年 ………………………… 3
二、与毛泽东师出同门 ………………… 7
三、北大的成长岁月 …………………… 12
四、五四运动的急先锋 ………………… 17
五、父子相会,表明志向 ……………… 22
六、长辛店崭露头角 …………………… 27
七、于无声处听惊雷 …………………… 31
八、血雨腥风陷低潮 …………………… 37
九、上海积蓄新力量 …………………… 41
十、二月风暴 …………………………… 47
十一、香港变"臭港" …………………… 51
十二、纯洁工会队伍 …………………… 59
十三、蹊跷的东园火灾 ………………… 62
十四、谈判桌外的斗争 ………………… 65
十五、忙碌的活动家 …………………… 69
十六、洪湖来了邓政委 ………………… 75
十七、赤心可鉴 ………………………… 78
十八、营救失败 ………………………… 82
十九、浩气永留雨花台 ………………… 87

附录　邓中夏生平年表 ………………… 91

引 子

哪有斩不掉的荆棘？哪有打不死的豺虎？哪有推不翻的山岳？你必须奋斗着，勇猛地奋斗着，胜利就是你的。

人生只有一生一死，要生得有意义，死得有价值。

是啊！这两句荡气回肠的豪言壮语，出自一位中国共产党早期的杰出领导人；出自于一位在中国乃至世界工人运动史中发挥了重要作用的工人运动领袖；出自于一名马克思主义理论家和无产阶级革命家；出自于一名视死如归、浩气长存，用"燃烧"的生命映红了党的旗帜，也映红了中国工人运动的旗帜的革命先烈——邓中夏。

他为了实现自己的理想时刻在奋斗着，勇猛地奋斗着。他从青少年时代就立志报国；进入北京大学后，更是追求进步思想，较早投身于新文化运动，并参加了五四爱国运动；为了砸烂旧秩序，建立新的无产阶级政权，他最早发起建立了"马克思学说研究会"，还于1920年10月协助李大钊在北京成立共产主义小组，成为党的创建者之一。此后，他为了实现共产主义的理想始终以一个共产党人的崇高品格，奋斗着、践行着自己的诺言。即使受到处分，只靠妻子李瑛在纱厂当学徒一个月挣的7块钱艰难度日期间，他仍对党毫无怨言，对革命矢志不移；即使身陷囹圄，他仍坚信共产主义理想，大义凛然，宁死不屈，他说："请告诉同志们，我邓中夏就是烧成灰，也还是共产党员！"即使在被押往刑场的路上，他仍然不忘宣传共产主义，高呼："打倒国民党反动派！""中国共产党万岁！"表现了一个真正共产党人大无畏的英雄气概。

这两句话不仅伴随着邓中夏走完了奋斗的一生，也唤起了无数共产党人、仁人志士、革命群众的斗争热情，帮助了无数在困难中挣扎的人战胜了困难，激励了一代又一代人勇往直前地建设强大的祖国。

这两句话同样激励着我们，为全面建设社会主义现代化国家、全面推进中华民族伟大复兴而努力奋斗。

> 看呀！世界不是劳动的艺术品吗？没有劳动就没有世界。

这句话，是邓中夏对劳动的理解，对劳动人民的热爱，对工人阶级的热爱。正是有着对工人阶级的特殊感情和对广大劳动人民的热爱，他毅然投身到工人运动中去，并为之奋斗终生。

工运开展伊始，他尝试到街上动员洋车夫集合拦路以要求增加待遇，但仅有少数人响应，警察来后砸了车，洋车夫们还扯住他索赔，邓中夏拿出所有的钱还抵不上车夫的损失费。校内有人见面就讽刺："工运搞得怎么样了？"父亲也因他参加"过激"活动中断了对他的接济。但他并不气馁，而是及时总结经验教训，得出了要想取得罢工成功，单靠散漫的个体劳动者不行，必须到有组织的产业工人中去开展的结论。于是，他于1920年末到北京长辛店铁路工厂办劳动补习学校，开展"平民教育"，建立工人识字班。开始，有人认为干苦活学文化没用，"要是发窝头我们才来上课"。邓中夏耐心去劝导讲解——认字才能不受愚弄欺压，终于使大批工人下班后自动来学。他在教文化的同时，启发工人的阶级觉悟，使大家团结起来成立了工人俱乐部。邓中夏作为这个俱乐部的代表，为工人们操办各种福利，同时也赢得了工人们的信赖。他还组织领导长辛店铁路工人罢工运动，使长辛店成为中国现代工人运动的策源地之一，他本人也成为中国工人运动早期的领导人之一。

以后他又参与领导了开滦煤矿工人大罢工、京汉铁路工人二七大罢工、上海日商纱厂工人二月大罢工，并成立了工人武装纠察队，积累了许多工人运动的经验。

1925年6月，他到广东发动并领导了举世瞩目的反对英国殖民统治的省港大罢工，为了让工人安心斗争，组织动员各界把上万人的吃住都安排妥当，被人们亲切地称为"工人政府的总理"。

在进行宣传演讲时，由于他一口湘音，别人难懂，于是，他克服重重困难，学会了北方话、上海话、粤语；那些动人心扉的演讲，给工人留下深刻的印象。

他还创办了《劳动音》杂志、《工人之路》报纸，出版了《中国职工运动简史》等工运著作，撰写了大量宣传和研究工人运动的理论文章，成为一名名副其实的工人运动领袖。

他用开展工人运动的实践，很好地诠释了"世界不是劳动的艺术品吗？没有劳动就没有世界"这句话的内涵。

邓中夏的一生是短暂的，却是辉煌的。他把一生投入到了共产主义事业中，投入到了他喜爱的工人运动中，他勇猛地奋斗着，直至牺牲，用年仅39岁的生命，践行了一名共产党员许下的为共产主义事业奋斗终生的誓言。

一、灰色的童年

19世纪中叶以来，英、法、德、日等西方列强先后对中国发动了多次侵略，东方睡狮——中国成了他们掠取财富和瓜分领地的对象。而此时的清政府日趋腐朽，对外，面对西方列强的坚船利炮，束手无策，先后签订了《南京条约》《马关条约》《辛丑条约》等一系列割地赔款丧权辱国的不平等条约，使中国在国际上变成任人宰割的羔羊；对内横征暴敛，政治腐败，官场中各派系明争暗斗、尔虞我诈，军事上外强中干，经济凋敝，内乱不断，民不聊生，广大劳动人民生活在水深火热之中。一大批仁人志士正在不断探索新思想，寻求救国救民的途径。

1894年中日爆发甲午海战，历时9个月，以中国战败、号称坚不可摧的北洋水师全军覆没而告终。1895年4月17日清政府被迫与日本政府签订了丧权辱国的不平等条约——《马关条约》。甲午战争的结果给中华民族带来空前严重的民族危机，大大加深了中国社会半殖民地化的程度；另一方面则使日本国力更为强大，得以跻身世界列强。

而正是在1894年的10月5日，邓中夏，在湖南省宜章县邓家湾村呱呱坠地。

邓中夏祖辈都是农民，爷爷曾被官府抓去当兵，九死一生，回乡后开始做生意贩卖农产品，赚了钱就购置土地，渐渐拥有了100多亩土地，成了当地的富足家庭。奶奶出身贫寒，为人善良，性情温和，勤劳俭朴。她很喜欢邓中夏，邓中夏也愿意和奶奶在一起，经常帮奶奶干活儿。奶奶很善于理家，爷爷外出经商时，整个家庭就靠奶奶操持。她对乡亲们很好，谁家生活有困难，就无偿帮助谁家，使很多人家渡过了难关；遇到村里有修桥补路等事情，她也会慷慨地拿出一些财物。奶奶在待人接物上的这些优良品性，深深影响了年幼的邓中夏。

父亲是个勤奋的读书人，旧学底子很厚，考中过清朝的举人，当过清朝湖南省衡山县的县长和省参议员，在当地很有声望。母亲是个善良的农村妇女，生了三个儿子，一个女儿，邓中夏排行第二，一家人其乐融融，日子过得快乐而幸福。可是好景不长，邓中夏7岁那年的一场瘟疫使原本幸福的童年就此蒙上了一层阴影。那是1901年，邓中夏的家乡发生了瘟疫，当时的医疗水平根本无法治疗此病，只能靠人体自然抵御，许多人染疾而亡，尸横遍野，有的人家全家都染病而亡，景象十分悲惨。不幸的是邓中夏的母亲也被传染，不久去世。

母亲的离世，给邓中夏留下了难以抹平的伤痛，他常常在梦中与母亲相聚。母亲去世后不久父亲再娶，继母是个阳奉阴违、尖酸刻薄之人，对邓中夏兄弟姐妹几个，百般刁难，经常让他们吃残羹剩饭，干些脏活累活，稍不如意就拳脚相加；更让人受不了的是继母还经常用言语侮辱死去的母亲。有一次，邓中夏和同龄的孩子们到山上割草、砍柴，由于走的路途远，天黑了才赶回家，继母一顿训斥过后才将半碗剩饭给他吃，邓中夏早就饥肠辘辘只好和着眼泪吃了下去。邓中夏将这些告诉奶奶，奶奶同情他，只是没有好的办法来改变邓中夏的处境。

　　继母还经常借口说邓中夏身上不干净，把他赶到干活的长工那里，让小邓中夏和长工们在一起睡觉。日子一长，邓中夏也渐渐喜欢上这些地位卑微的劳动人民，而这些长工也越来越喜欢小邓中夏，干活时常常带着他。邓中夏有时帮助他们干活，有时一个人在他们干活的地边玩耍。因为常和他们在一起，小邓中夏和他们产生了很深的感情。他觉得这些长工天天劳动很辛苦，可是生活却那样艰难，吃的不好，穿的也不好，很多人因为贫穷讨不上媳妇，就一个人过日子，他们得到的和付出的是那么不相称，这是为什么呢？他幼小的心中开始思考这些问题，可是，年幼的他怎么能找到答案呢？

　　每当遭到继母虐待，邓中夏就更加思念自己的生母。他清楚地记着那年母亲已经重病在身，父亲每天给母亲煮一个鸡蛋吃，算是对病人的特殊照顾。那时一般人家是吃不起鸡蛋的，兄妹几个知道母亲有病，尽管很馋也不敢奢求。一天早晨，母亲把邓中夏兄妹几个都叫到身边，说："妈已经病成这样了，吃不吃鸡蛋也没啥用了，你爸爸给我的鸡蛋我一个也没吃，都在床头篮子里攒着，够一人一个了，你们赶紧分吃了吧！"兄妹几个知道是母亲不舍得吃，都说不吃，母亲生气了，她从病榻上坐起来，让邓中夏的哥哥把篮子递给她，她亲自把鸡蛋塞到每个孩子的手里。每每想到这件事，邓中夏就潸然泪下。

　　尽管继母的虐待时时给邓中夏带来灰色的记忆，但喜欢读书的邓中夏一到私塾里读书，就把那些不愉快抛之脑后，一心钻到书本里。他是7岁那年上的家乡的私塾，读的是四书五经的文章和一些古诗词。他记忆力很好，老师讲过的文章、要求背诵的古诗词他都能很快背诵下来，老师很喜欢他，同学们也愿意和他在一起。他还喜欢画画，听别人讲故事，他对《三国演义》《水浒传》中的英雄好汉的故事特别感兴趣，总是找机会多听一些。

他还具有一定的组织能力，一些活动他都作为组织者，带领小伙伴们认真完成。他的想象力很丰富，有一次他和小朋友们一起观察蚂蚁的活动，看到小小的蚂蚁很有组织，排着长长的队伍，不停地忙碌，有时候一群小蚂蚁会运送比它们身体大得多的东西，虽然不知道小蚂蚁运送这些东西做什么，但邓中夏对于小蚂蚁严密的组织纪律和团结精神有着深刻的印象。他感慨地说："蚂蚁的力量真大，要是人也能像蚂蚁这样，连村子后的那座小山也能搬走。"

在私塾一学就是6年，6年的私塾学习让他掌握了许多四书五经等国学知识，也懂得了一些做人的道理。但他对私塾先生那种摇头晃脑的死板教学方式也产生了厌恶情绪，私塾里学的内容也越来越不能满足他的需求了。他不想做一个整天之乎者也的书呆子，他想转到新式学校去接受新式教育。在他的一再要求下，父亲把他转到离家不远的樟桥小学读书。那年他13岁，对于新式教学和新鲜的知识充满着渴求，他如鱼得水，如饥似渴，对每一节课都认真地听讲，学习成绩总是名列前茅。

在学校学习成绩优秀的他，一到假期，就同那些长工们一起干活，虽然累一些，但他感觉到很充实，从长工们身上他了解了底层社会的真实生活现状。随着对底层社会劳动人民生活的了解，他越发感觉困惑。有一天，他问奶奶："奶奶，你说同样是人，为什么有的人不劳动，却能吃好的穿好的，生活幸福；一些穷苦人天天干活，辛勤劳作，却过着艰难困苦的生活，这是为什么，这公平吗？"

奶奶看着孙子困惑的眼神，回答说："那是因为他们没有钱。"

邓中夏问："怎么辛苦劳动还没有钱呢？有的人不劳动为什么那么有钱？"

奶奶解答不了这个问题，只好说："小孩子家，别问那么多，等你长大了就明白了！"

这时邓中夏想到了他的姑姑们。他有三个姑姑，她们的家庭条件差别很大。二姑姑家很穷，另外两个姑姑家很富裕，富裕的姑姑家过着很好的生活。二姑姑因为穷，不但被别人看不起，而且被富裕的两个姑姑所不屑。邓中夏很同情这个穷姑姑，他对奶奶说："二姑母家里这么穷，我心里真不忍。世界上太不公平了！要是人人都有饭吃、有新衣服穿该多好呀！"

邓中夏的这些话，是出自内心的，奶奶听了这些，也感觉邓中夏说得有理，可善良的老人也无法解答，只是流下了两行热泪。

那时，腐败无能的清政府，使中国一步步坠入了半殖民地半封建社会的深渊，人民生活受到了内外双重压榨，老百姓生活非常艰难，遇上天灾人祸，更是火上浇油。老百姓没法生活下去，就到处流浪，靠乞讨艰难度日。野外和路旁常可以见到冻死、饿死的可怜的穷苦人。

小邓中夏对这些人充满同情，总是尽力求家人帮助他们。有一年冬天，空中飘着鹅毛大雪，天气十分寒冷，许多人都穿着棉衣，躲在家中御寒。邓中夏无意间望了一眼院外，却看到了一对穿着破衣烂衫的外地母女流浪到邓中夏的家门口，由于又冻又饿，母女俩步履蹒跚，似乎随时都要摔倒，样子十分可怜。邓中夏把看到的一切告诉了奶奶，央求奶奶帮助这可怜的外乡人。奶奶知道孙子天生善良，就很爽快地答应了。邓中夏飞快地跑出家门找到那对母女，把她们两个领到家里，给她们饭吃，让她们烤火，奶奶还送给她们一些衣服，母女俩千恩万谢，连连说："真是遇到好人啦，真是遇到好人啦。"

二、与毛泽东师出同门

1911年10月10日，孙中山领导的革命党人发动了反对清政府的武昌起义，起义军占领武汉三镇，成立了湖北军政府。湖南的革命党人也推翻了清政府在湖南的反动统治，宣告全省独立。

这一年，17岁的邓中夏考进了宜章县立高等小学堂，这是县里最好的小学，教学条件比农村好多了。学校设置了各门培养全面素质的课程，还开展文娱、体育活动，学校的图书馆有很多种报刊供学生在课外时间自由阅览。接触的范围扩大了，读的书报多了，邓中夏的眼界更加开阔。

而此时，革命的风暴吹到宜章，逐渐成长起来的邓中夏，对这些充满了兴趣，他的目光已经越出了学校。这些发生在全国、全省的革命活动，影响是那样巨大，革命也带来新鲜的西方哲学、文学著作，还有革命党人孙中山、黄兴、宋教仁等人的著作，也受到热烈的追捧。进步青年们热血沸腾，他们关心国家大事，崇拜这些革命家，争相搜寻最新出版的书籍，邓中夏正是在这时候开始接触民族民主思想，他立志要像那些革命党人一样，将来为国家做出一番事业。

时局也在发生着巨大变化。1912年元旦，中华民国临时政府在南京成立，孙中山被推举为临时大总统。2月12日，清帝溥仪退位，清朝灭亡。南京临时政府颁布了一系列有利于推行民主政治和发展资本主义的政策和法令，这些政策法令，移风易俗，除旧布新，促进了民族资本主义的发展和民主观念的传播。在孙中山的主持下，临时参议院颁布《中华民国临时约法》，按照西方资产阶级的民主制度和立法、行政、司法"三权分立"的原则，在中国建立一个实行议会制和责任内阁制的资产阶级共和国。由于南京临时政府和各省都督府中立宪派、旧官僚、政客的篡权，以及一些革命党人的妥协退让，致使南京临时政府权力被袁世凯所篡夺。

此时的邓中夏虽然不到20岁，但他对国内时局非常关注，对一些所谓的革命党人不彻底的革命，旧官僚、政客们改头换面的"革命"，非常不满，同时意识到辛亥革命虽然推翻了清王朝，但与旧势力的斗争仍是长期的艰巨的。

邓中夏的父亲知道儿子的思想激进，很为他的将来担心，多次劝邓中夏说："学生的任务就是读书，不要掺和政治，更不要为一些激进思想所迷惑。"可邓中夏哪里听得进去，他振振有词地反驳父亲说："国家兴亡，匹夫有责，身为学子岂能置身事外？"父子俩往往谁也说服不了谁，只好不欢而散。父亲满怀疑虑地对全家人说："这个孩子，将来恐怕不是我们邓家的人了。"

进入第二学期时，邓中夏接受了许多新思潮，经常组织一些学生社团活动，具有很强的组织领导能力，在同学中又有很高的威信。由于对学校的教育模式不满意，同学们就推举邓中夏作为罢课代表，组织全校学生罢课。邓中夏积极参与并组织了此次罢课运动。但由于经验不足、准备不充分、组织也不严密，罢课运动以失败告终。县长下令开除几十名罢课学生，由于邓中夏的父亲在县里的名望，加上他的学习成绩很好，校方没有开除他。

罢课事件过后，省里的视学员到学校视察，见邓中夏等几个学生的成绩很好，就允许他们跳级。1912年冬天，邓中夏以"最优等第一名"的成绩在宜章县立高等小学堂毕业。

第二年邓中夏考入郴郡六城联合中学。那一年邓中夏已年满18岁，他不仅更加努力地读书，继续保持着优良的学习成绩，而且开始树立读书救国的思想，具有强烈的爱国心。他已经开始把读书和爱国紧密联系起来，他经常阅读一些时下的进步书刊，开始接受孙中山的三民主义，常常和同学们就国内国际形势进行讨论。凭着他突出的写作才能，对历史独特的认识以及对文学的特别爱好，他在与同学们的辩论中总是占上风，后来同学们都愿意和他在一组。邓中夏还特别注意语言表达能力的培养，由于他思考完善，口才绝佳，很多人称他是"辩论家"。

邓中夏在学校是个当仁不让的"辩论家"，但对待底层的劳动人民他却是一个地地道道的"慈善家"。有一年冬天，邓中夏被家人派去收取地租。看到一个佃户的稻子还没有收割完，邓中夏就帮着干起来。晚上，稻子脱粒完了，佃户按照租约把粮食给邓中夏称好。邓中夏看到交租的粮食，比佃户留下的还要多，少量留下来的粮食就是佃户全部的口粮，他心中不忍，从收取的地租中分出一部分给了佃户。

佃户很感激，但都知道邓中夏继母的厉害，就说："你帮了我的忙，我千恩万谢，可你这样做，回去怎么交代？"

邓中夏说："粮食是你种的，我们家收的租子比你得到的还多，你说这公平吗？再说，租子是我来收，就由我做主，回去我往粮仓里一倒，谁还会去量？"

邓中夏很富有正义感。一次放学回家的路上，他见到一群人围成一个圈，似乎在看热闹，里面传出嘈杂的声音，还有哭声。他走过去，看到两个穿得很破旧的中年男人被绑在两根柱子上，旁边两个壮汉用鞭子抽打这两个人，完全不理会他们的苦苦哀求。邓中夏一问才知道这两个农民偷了大地主肖贤晋家两个红薯和一点儿菜，肖贤晋就指使家丁割断一个人的脚筋，割去另一个人的一只耳朵。邓中夏看到这残忍的场面，非常气愤，他走上前，责问肖贤晋："他们犯了什么法？你们肖家人这样对待，你们还有点儿人性吗？他们就是犯了法，也应该送政府处理。你们这样私用刑法，残害人命，就是不对！走，到政府说理去！"

肖贤晋并不示弱，他对邓中夏喊道："你知道他们偷了我家的东西吗？不要多管闲事！"

邓中夏没有退让，义正词严地说："不就是几个红薯吗？有什么了不得！你们肖家掌握地方上的公产、祭田，用公款公粮放高利贷，私自吞用，你肖贤晋偷了多少东西？你们应该受到怎样的处置？"

这些话有理有据，说到了点子上，肖贤晋无法回答。他看到邓中夏一身正气，而这时候围观的人们也开始支持邓中夏，责备肖贤晋这样做太残忍。看到局面对自己不利，再弄下去会难以收场，肖贤晋只好把两个人放了。

在郴郡六城联合中学邓中夏学到了不少新知识，也接受了一些新思潮。但整体上学校里校风陈腐，思想僵化，很多老学究整天只知道钻进故纸堆，咬文嚼字，不关心时事变化，对新思想持抵制态度，一些新思想很难得到推广。邓中夏对这种状况越来越不满，他萌生了离开郴县，到省会长沙求学的念头。就在这时，他得知湖南高等师范学校要招生，这消息来得太及时了，邓中夏非常兴奋，他决定不在郴县中学再浪费时间，于是借了哥哥的中学毕业证书，改名邓康，去长沙报考师范学校。

1915年春，邓中夏如愿被湖南高等师范学校文史专修科录取。

邓中夏就要到长沙读书了。在假期中，他倡议成立了"宜章同学会"，同学会的宗旨是："联络感情，交换知识，为宜章兴利除弊，改造旧社会。"每个入会人员缴纳会费2元，作为经费，同学会还决定创办刊物，宣传他们的主张，介绍新知识、新思想，用以启发人们的觉悟，树立新风，他被大家选举为总干事。

暑假后，邓中夏迈进了湖南高等师范学校的大门。走进学校，邓中夏就被湖南高等师范学校那古朴典雅而又具有开放意识的氛围笼罩着，他仿佛走进了知识的殿堂，一种对知识的渴求充斥着他的内心，他要在这里大展宏图。他不但如饥似渴地学习各种知识，而且交了许多志同道合的朋友，很多同学喜欢和他在一起，蔡和森也和他成了好朋友。

很快邓中夏就发现湖南高等师范学校并不像自己想象的那样开放和自由，而是由省里有名的旧派人物所把持，校长和许多教师都是封建文人的代表。就连邓中夏所在的文史专修科的课程设置，都没有丝毫新意，还在用古文做教材，用文言文讲授课程，每月初一都要举行祭孔典礼。许多进步青年都不喜欢这种教育模式，邓中夏更是深恶痛绝。

正当邓中夏为寻求摆脱落后保守的教学模式而困惑时，一缕曙光照亮了他的心灵。那就是他听到了杨昌济老师讲的课。杨昌济老师是一位思想进步、深受同学爱戴的老师，他先后在日本和英国留学十年，学识渊博，回国后，看到中国的政治腐败、民不聊生的情况，万分痛心。他拒绝了官府的聘请，决心专门从事教育工作，为救国和改造社会培养人才。

邓中夏十分崇敬杨昌济先生的学识、理想和为人，他和蔡和森常到杨先生家里，听杨先生讲解新知识，传授新思想。在杨先生的家里，经蔡和森的介绍，邓中夏认识了在湖南省立第一师范读书的毛泽东，他们很快成为挚友。从此，邓中夏、蔡和森和毛泽东经常在一起接受杨昌济先生的新思想，一起谈论国家大事，一起读一些进步书刊。当邓中夏读了陈天华的《猛回头》和邹容的《革命军》后，思想深受震撼，对于书中宣传的民主革命思想推崇备至。陈独秀主办的宣传新文化运动的《新青年》杂志出版后，邓中夏很快就读到了，他从这些进步书刊中汲取着新思想带来的营养。

湖南高等师范学校文史专修科的学制是两年。1917年6月底，邓中夏以优异的成绩毕业，这年他23岁。为了学习新知识，研究新思想，寻求救国救民的道路，他决定投考北京大学。

三、北大的成长岁月

1917年，邓中夏以优异的成绩考取了令莘莘学子向往的北京大学，成为北大国文门（中国文学系）的一名学生，这时他的名字还叫邓康。

从千里之外的湖南来到六朝古都的北京，邓中夏顾不上游览北京城的景色，而是全身心地投入到北京大学那种"思想自由，兼容并包"的氛围中，他犹如旱地遇到了甘霖。在这里他见到了陈独秀、李大钊、鲁迅、胡适、钱玄同、刘半农、沈尹默等著名的学者教授，不但能聆听到他们的授课，也能与他们自由探讨学问以外的东西。许多进步思想，在这种自由争鸣的环境中得到迅速发展和传播。邓中夏自由地徜徉在这个美好的环境中，贪婪地阅读那些宣传新思想的书刊，经常听一些先生们宣传新思想的演讲。他如沐春风，每每使自己的心灵得到震撼，小学和中学时期一些得不到的答案似乎在这里都能找到。

邓中夏多次聆听过李大钊先生的讲演，每次听后都会对心灵产生震撼，他对李大钊先生更是崇敬有加。在李大钊的影响下，邓中夏成为北大学生中最早的马克思主义者之一。他还对北大的各种学会和研究会的活动也很感兴趣，报名参加了"哲学研究会"等学术团体。由于邓中夏常常帮助穷苦的同学，看到别人没有衣穿、吃不上饭，他就送钱送衣，所以他的朋友很多，很多人晚上都乐于到他的房间交流、讨论，于是邓中夏的宿舍里俨然成了同学们交流、讨论的活动场所。

十月革命一声炮响，给中国送来了马克思列宁主义。李大钊是接受十月革命影响最早的代表人物，1918年初，他就开始宣传和介绍十月革命的情况。他把十月革命的成功看作是"庶民的胜利"，是"布尔什维主义的胜利"，指出十月革命是"20世纪中世界革命的先声"，是"人类全体的新曙光"，这些声音鼓舞着广大革命青年积极探寻救国之路，也指明了前进的方向。

在李大钊的影响和帮助下，邓中夏开始多方搜集资料，研究俄国十月革命的经验，并认识到只有接受马克思列宁主义，走苏联的道路，中国的劳苦大众才能得救。他迅速把这种救国思想转化为救国行动，除了认真学习我国近百年的历史和外国历史，研究我国的政治状况外，还在同学中积极活动，寻找志同道合的朋友。

邓中夏和同学们始终关注着国内外的时事。俄国十月革命爆发后，引起了帝国主义的武装干涉，日本也参与干涉并趁机扩大在华利益。1918年初，日本参谋次长田中义一和北洋政府驻日公使章宗祥商谈中日军事行动问题，不久，日本外务大臣本野和章宗祥交换了关于"共同防敌"的照会。5月16日和19日，中日两国政府代表先后在北京签订了《中日陆军共同防敌军事协定》和《中日海军共同防敌军事协定》。日本签订该协定的目的，一方面是干涉苏俄革命，另一方面也是为了借此进一步控制中国，特别是为巩固其在"北满"（中国东北地区）的统治。日本政府的一份内部文件中这样写道："根据日中同盟，帝国将取得绝大利益，即在军事上以协同作战为理由，可在中国领土内之必要方面，自由出动帝国的军队，而且在军事上当然以相互支援之名义，参与编练中国军队；尤为重要的是有利于我控制掌握军火制造的原料。在政治上，基于同盟关系，积极参与其内政，以便于从各方面扶植帝国的政治势力。在经济上，以同盟协作之名，开发其丰富的资源，努力开拓市场，以利于加快帝国经济的发展。"日本企图利用中日结盟的关系，将中国在军事上、政治上、经济上完全置于自己控制之下的侵略野心，昭然若揭。

所谓"防敌"，是指十月革命后的苏维埃俄国。当时，国际帝国主义武装干涉俄国革命。日本企图乘机侵略俄国，并独占中国东北地区。"协定"的主要内容是：中国与日本采取"共同防敌"的行动；日本在战争期间可以进驻中国境内；日军在中国境外作战时，中国应派兵声援；作战期间，两国互相供给军器和军需品。通过"协定"，日本派出大批军队进入中国东北，迅速取代了沙俄在东三省北部的侵略地位。中国面临被日本独占为附属国的危险。

留日学生彭湃等在东京游行抗议，继而罢学归国，在各地组织救国团体，进行爱国宣传。当得知留日归国学生来北京大学宣传，并发动学生举行游行示威要求北洋政府废除条约时，邓中夏一方面和留日归国学生一起向同学们揭露真相，一方面联络发动校内外学生积极响应，几天时间，响应者达2000人之多。

1918年5月21日，两千多名爱国大学生走上北京的街头，进行游行示威，高喊口号，要求北洋政府废除条约，树立民族尊严，停止卖国行径。邓中夏是这次活动的组织者和领导者之一。

这次大规模的游行示威，使当时的北洋政府措手不及，迫于学生游行示威的强大压力，代理大总统冯国璋只好硬着头皮接见了学生代表，他欺骗学生说政府将答应学生提出的一切要求，并要求学生尽快复课。邓中夏和同学们由于缺乏政治斗争经验，听信了冯国璋的话，返回学校，第二天学生即宣告复课。可是，令学生们没有想到的是，北洋政府不但没有废除条约还签订了实施这个协定的详细办法。骗局，一场赤裸裸的骗局。学生们的爱国热情被卑鄙无耻的北洋政府践踏了。

邓中夏等人及时总结了这次斗争的经验教训，认识到仅仅组织一两次游行是救不了国的，必须把爱国学生真正地组织起来，进行深入持久的斗争。

在邓中夏等人的活动下，北京一部分爱国学生组织了学生救国团，天津学生也建立了救国组织。两个组织成立后，一些代表又到济南、南京、上海等地进行联络，经过一段时间的联络，学生们成立了一个全国性的秘密团体"学生救国会"，救国会总部设在北京，邓中夏是负责人之一。

学生救国会虽然建立了，但活动仍受到很大限制。在军阀政府的统治下，一时难以公开从事活动，他们就决定先创办一个《国民》杂志，向全国人民特别是青年学生进行反帝爱国宣传。1919年1月，《国民》杂志的创刊号在北京出版发行，蔡元培为创刊号写了序言。因为这个杂志宣传爱国思想，评述时事政治，具有反对帝国主义等鲜明的特点，一出版就在广大青年学生中产生了很大的影响。

邓中夏是《国民》杂志主要创办人，也是杂志的编辑，他常用笔名对国内外大事进行评述，在这些文章中，他借助国内外报刊舆论，以大量的事实、犀利的笔锋，揭露了日本收买北洋军阀，控制我国军事、财政大权，侵占我国领土，妄图吞并我国的野心；同时揭露了段祺瑞政府为扩张自己的势力，不惜投靠外国，出卖国家利益的行径。《国民》杂志的一些报道和述评，激发了广大爱国知识分子的热情，对于进步青年知识分子的宣传鼓动作用确实不小。邓中夏却感觉到，杂志对学生和知识分子作用很大，但对于那些不识字的广大民众，却无法起到宣传作用，还是不能够唤起更多民众共同救国。

如何才能使大多数民众能够读书看报，接受爱国思想呢？邓中夏想到了普及平民教育，开办"夜校"。他的想法得到了大多数进步同学的响应，也得到了校长蔡元培支持。不久，邓中夏等人在北京大学正式办起了"夜班"，由学校的一些老师和同学共同讲课，为不识字或识字不多的工友们上文化课，同时向他们宣传国内外的时事。由于"夜班"的讲课形式不受限制，深入浅出，灵活多样，一传十，十传百，有很多工人从校外赶来听课，参加的人越来越多。

邓中夏越来越感觉到，广大民众的力量是无穷的，只有把他们都发动起来才能摧毁旧势力。一种使命感、责任感油然而生。他想起了刚入学时李大钊先生在课上所讲的那些内容：

"一个新时代的青年，单是做到'独善其身''洁身自好'的地步是不行的。现在的社会，是个黑暗的社会，是个遍体鳞伤的社会，到处充满了痛苦、悲惨、眼泪，我们，一个新时代的青年，能够找到一块不沾泥土的地方，偷着去安乐，享清福吗？这种安乐，这种清福，能称得上是幸福吗？"

李大钊坚定、热情的声音，在邓中夏耳边回响：

"我们要打起精神来，寻着那苦痛悲惨的声音走。我们要晓得痛苦的人，是些什么人？痛苦的事，是些什么事？痛苦的产生，究竟是什么原因？有的人说，这个痛苦悲惨的地方，我们真是不忍去，不忍看。但是，我们作为一个新时代的青年，却是不忍不去，不忍不看，不忍不去解救啊！"

李大钊满怀信心地说："青年啊，只要我们勇于奋斗，敢于拿光明去照彻大千世界的黑暗，就是有时困于魔境，或竟做了牺牲，也必有良好的效果发生；只要我们有觉悟的精神，世间的黑暗终有灭绝的一天。努力啊，猛进啊，我们亲爱的青年！"

李大钊的话像一道闪电、像一团火、像一盏明灯，深深触动了邓中夏的内心，给他指明了奋斗的方向，让邓中夏真正懂得一个人究竟应该怎样做人，一个青年的肩上，担负着怎样重大的责任。

想到这些，他更坚定了信心。他要迈出校门，向广大的劳动人民传播文化知识和讲述爱国救国的道理。他发起组织北京大学平民教育讲演团，在《北京大学日刊》上刊登讲演团成立的消息，宣称"以教育普及与平等为目的，以露天讲演为方法"，以"增进平民知识，唤起平民之自觉心"为宗旨，呼吁热心平民教育的学生，利用星期日或假日，到北京城区的各个游艺场所、庙会、集市，向一般市民做宣传。讲演定在每星期一的下午，遇到假期和重大节日还进行不定期讲演。

从成立讲演团到1921年前，邓中夏一直是讲演团的实际负责人。他先后担任过团的总务干事和编辑干事，并作过多次讲演。他演讲的题目有《家庭制度》《我们为什么要讲演——谋大学教育之普及》《互助》《现在的皇帝倒霉了》《国事真不可谈吗？》等，他还撰写了大量的文件和讲稿。这些活动使他进一步贴近了群众，同时锻炼了他的组织和宣传才能。

四、五四运动的急先锋

1919年1月，第一次世界大战战胜国在法国巴黎召开战后协约会议，中国参加了协约国对同盟国作战，曾支援协约国大量粮食，还派出14万名劳工，牺牲、失踪3万多人。作为第一次世界大战战胜国之一，中国代表参加了会议，在和会上提出废除外国在中国的势力范围、撤退外国在中国的军队和取消"二十一条"等正义要求。但巴黎和会不顾中国也是战胜国之一，拒绝了中国代表提出的要求，竟然决定将德国在中国山东的权益转让给日本，在巴黎和会上中国反而成为被宰割的对象。北洋政府屈服于帝国主义的压力，居然准备在《协约国和参战各国对德和约》上签字。由于当时日本的强硬立场和英、法等国对自身利益的考虑，最终，操纵巴黎和会的英、法、美三国不顾中国民众呼声，在4月30日还是秘密决定，仍然将德国之前在中国山东的权利全部让给了日本。5月3日早晨，北京的所有报纸都登出了中国外交失败的消息并很快传遍了祖国的大江南北。

这一消息，深深激怒了中国人民，受先进思想影响最大的北京大学，立即做出最强烈的反应，成为这次革命风暴的中心。他们联合了北京高校的学生，于5月3日晚在北京大学的一个大礼堂，聚会共商应对之策。邓中夏作为此次聚会的主持人，他首先请北京新闻界人士报告了巴黎和会中国外交失败的经过，接着北大各社团代表和学生代表发表演说。

北大学生会主席易克嶷悲愤地说："同学们，现在我们国家、民族的命运，已经到了千钧一发的时刻，如果我们再沉默、等待，我们的民族就只有灭亡，再也无法挽救了。北大是全国的最高学府，我们应该挺身而出，把各校同学发动起来，要不，我们就只有做亡国奴了……"他的话还没有说完,整个礼堂就响起了一片呜咽声,有的同学抱头痛哭,有的泪流满面。一位学生当场将中指咬破,撕下衣襟,用鲜血写了"还我青岛"四个大字。

看到这些,邓中夏再也无法抑制自己激动的心情,他跳上讲台,激动地对大家说:"同学们,眼泪感动不了无能的政府,更感动不了帝国主义,我们要外争国权,内惩国贼,要废除'二十一条',我们要求政府坚决拒绝在合约上签字。我们要抗议,要用实际行动反对帝国主义……"

"对,我们要游行示威!"

"坚决反对在合约上签字!"

"废除'二十一条'!"

喊声响彻礼堂的上空。

在易克嶷、邓中夏等人的主持下,会议作出了四项决定:

(一)联合各界一致力争;(二)通电巴黎专使,坚持不在和约上签字;(三)通电各省于5月7日国耻纪念日举行群众游行示威运动;(四)定于5月4日(星期日)齐集天安门前举行学界大示威。

大会主席易克嶷临时提议,为了准备游行和向全世界发通电,号召大家现场捐款。

话音刚落,会场上便出现了激动人心的场面,人们纷纷把银元、铜板、钞票,送到台上,没有带钱的,把毛巾、帽子、衣服拿了出来,有的人甚至拿出了戒指和手表。不大一会儿,收了一万多元现金。

大会一直开到深夜1点,各学校代表在夜色中返校。

散会后邓中夏他们并没有休息,同学们找来纸张,做好糨糊,有的写标语,有的起草宣言;不少同学把床单、门帘拿出来,写上了激动人心的口号。

北京大学校园内,到处是忙碌的身影,看似沉寂的黑夜并不平静,一场划时代的斗争正在酝酿着。

5月4日一大早,同学们有的举着标语,有的手拿彩旗,纷纷走出宿舍,上午9点多钟北京大学的校园内就聚集了上千人,同学们很有秩序地排成了几列纵队，场面十分壮观。

队伍正要出发，一个穿西装的人匆匆跑来，气喘吁吁地质问："谁是带队的？"

邓中夏和易克嶷等几个学生走过来，很自然地把来人围在中间。

只见那人一副盛气凌人的样子说道："我是教育部的次长，你们不能这样上街胡闹！"

"这怎么叫胡闹？"易克嶷反驳道，"国家蒙受屈辱，作为一个中国人，难道连这都不能过问吗？"

教育次长急不可耐地打断易克嶷的话："学生就应该好好念书，国家大事自有政府去办。"

"政府办？政府会办什么？卖国的事不就是政府办的？政府除了会卖国还能会办什么？"邓中夏挖苦地说。

人们发出一阵大笑，次长的气焰被压下来，叹气道："这样会把事情闹大的，闹大了，会很糟糕！"

邓中夏提高声音说道："你身为堂堂的教育次长，自己不爱国，还不许别人爱国，你还是中国人吗？"

邓中夏的话音刚落，人群中传出了"可耻""卑鄙"的怒吼声，次长满脸羞愧，无话可说，慌忙逃离。

广场上，五颜六色的旗帜迎风飘扬，口号声此伏彼起。

游行刚要开始，那位教育次长又满头大汗地跑了过来。

他态度强硬地对同学们说："我接到教育部的命令，请大家从速解散，有事可以派代表来办。"

邓中夏领着同学们高喊："我们今天的行动，教育部管不了！"

在如雷的呼声中，次长脸色铁青，无计可施。

如潮水般的游行队伍出发了。

有警察上来阻拦。

在震天的"打倒卖国贼""打倒帝国主义走狗"口号声中，激情澎湃的人群，已经势不可当。

游行的队伍按照既定目标，向着天安门进发。

下午，北京13所高校的学生3000多人，从四面八方陆续汇聚到天安门。

大规模的游行开始了。

北京大学的学生们走在队伍的最前面，人们手里拿着各种旗帜，旗帜上写满标语："誓死力争，还我青岛""收回山东权利""拒绝在巴黎和会上签字""废除'二十一条'""抵制日货""宁为玉碎，不为瓦全""外争国权，内惩国贼""中国的土地可以征服而不可以断送，中国的人民可以杀戮而不可以低头"等标语。

他们高呼口号，一路散发传单，浩浩荡荡向外国使馆区东交民巷涌去。一路上，许多工人、店员、市民自动地参加到游行的行列中。

在东交民巷西口，队伍被使馆的巡警和政府的军警截住了。

他们借口这里是使馆区，不能随便通过。

人群中传来愤怒的声音："这是中国的地方，中国人为什么不能通过？"

有人激愤地大叫："不管他，咱们冲过去！"

这时罗家伦带着几个学生走过来。罗家伦在北大文科主修外国文学，在游行中，他被推选为三人代表之一。

他呼吁学生冷静："我们可以请愿，向他们递交请愿书！"

有人赞同，队伍暂时平静下来。

罗家伦等几名学生，遍访东交民巷使馆区内美、法、英、意各国公使馆，因为是星期天，各国公使都不在馆内，由馆员代为接见并转交书面意见。

可是，游行的队伍仍被阻在东交民巷西口，没办法前进。

这时，有人提议找曹汝霖问罪。

罗家伦等想要制止，但游行的队伍已行动起来，他们向曹家所在的赵家楼涌去。

游行队伍到赵家楼后，见到一大群军警在那里守卫。同学们把军警分割包围起来，向他们宣讲爱国的道理，并要曹汝霖出来对话，但曹汝霖哪里敢出来？

人群在愤怒之下冲了进去，曹汝霖逃跑，学生们痛打了正在那里的亲日派驻日公使章宗祥。

猛然，外面有人喊起来："着火了，着火了！"

只见曹宅上空，升起了一团团浓烈的火焰，街上的人们纷纷停下来观看，拍手称快。

邓中夏和几个同学从赵家楼出来不久，大批军警就赶到了。

学生队伍早已被冲散，易克嶷和几个同学，刚走到岔路口，就遇到迎面冲来的一批军警，他们马上四处散开。

易克嶷的鞋跑丢了，没走多远，就被警察抓住，绑了起来。

有的学生被警察追上，被打得满脸流血。

有的和警察扭打在一起，浑身泥土。

邓中夏在后面，一看情况不好，扭头就跑，只听警察在后面大喊："抓住他，抓住他！"

邓中夏见胡同就拐，好不容易摆脱了军警的抓捕。

回校后，邓中夏得知警察抓走了32名学生。

他立即和李大钊及各学生社团负责人联系，他们一方面向蔡元培校长报告情况，请求蔡校长设法营救被捕学生；一方面决定立即把全校同学组织起来，准备继续斗争。

当晚，北大学生成立了干事会，邓中夏负责对外宣传。5月5日，全北京市的学生举行了总罢课。革命风暴立即席卷全国，各地学生积极响应。邓中夏日夜奔走，营救被捕的同学，还到监狱中探望难友，给他们送去衣服、食物等生活必需品。

由于全国人民声势浩大的声援，被捕的同学不久被释放了。

斗争并没有停止，而是愈演愈烈。在北京大中学校的总罢课实现后，学生喊着口号，走上街头，到处是飞舞的传单，慷慨激昂的演说。

6月1日，北京政府以大总统名义接连下了两道命令。一道命令是为曹汝霖、章宗祥、陆宗舆辩护，一道命令是再次要求学生停止活动，立即复课。同时，军警在北京街头逮捕了许多推销国货的学生，这更激起了学生的义愤。

6月3日,斗争达到了高潮,担负宣传任务的2000多名学生涌上街头。

这天,有1000余名学生遭到了逮捕。监狱关满了,警察们把北大的一个礼堂用作临时监狱;礼堂也关不下了,又占用几个教室;最后把午门前的一块空地,也辟为露天监狱。

看管学生的是荷枪实弹的军警,邓中夏的衣服被撕破,脸上有几处伤痕,声音也嘶哑了。他和被关押的学生们丝毫没有气馁,他们向看守的警察展开了热烈的鼓动宣传。

为了声援被捕的同学,人们用车拉着面包、行李送给被关押的学生,鼓励他们坚持到底;同时,大批的学生、群众走上街头,继续游行;北京5000多名爱国学生,抱着坐牢、牺牲的决心,背着行李,走上街头,到处展开演说,就连警察局门口,也成了演讲场。

段祺瑞政府的暴行,也激起了全国各阶层人民的愤怒。6月5日,上海日本纱厂的工人举行罢工,接着其他纱厂工人、印刷工人、码头工人、铁路工人等也举行了罢工,参加的人数达到七八万人;沪宁、沪杭两铁路的工人举行罢工,交通一时中断;唐山、长辛店的工人举行了示威游行;上海及全国重要城市,都举行了商人罢市。

在这种情势下,军阀政府害怕了,他们被迫释放了学生,罢免了曹汝霖、章宗祥和陆宗舆三人的职务。

中国代表也拒绝在巴黎和约上签字。

五四学生爱国运动取得了阶段性胜利,但邓中夏追求真理,探索救国救民的脚步并没有就此停歇。

五、父子相会,表明志向

轰轰烈烈的五四爱国运动过后,北京大学校园内又恢复了往日的平静。部分青年学生对民族命运、国家前途的关注和热情逐渐冷却,有的人继续埋头读书,有的人忙着出国留学,寻找着自己的未来。但邓中夏比以前更忙了，他每天除了正常上课外，还要参加各种进步社团活动，听一些爱国学者名人的演讲，还亲自动手写一些宣传新思想、新主张的文章，揭露反动政府愚弄人民的丑恶嘴脸。他清楚地看到，尽管五四运动取得了胜利，但是中国几千年封建社会的根基还没有根除，反动政府还在变本加厉地对广大劳苦大众实行剥削和压榨，统治者的腐败，人民生活的困苦，没有得到改变。距离国家独立、民族自强，人民安居乐业、幸福生活的目标，还差得很远，还有很长的路要走，怎样才能寻找到一条切实可行的救国道路呢？邓中夏陷入了沉思。

邓中夏想组织同学们探索一种新的生活方式，用互助的精神实践平民教育的理想，把脑力劳动和体力劳动结合起来，也可称之为"工读主义"。

暑假很快到了，邓中夏和十几个要好的同学，在北京租了一个大的四合院，作为他们居住和学习的场所。邓中夏给这个院子取名"曦园"，意思是住在这里的人，要像初升的太阳，有蓬勃的朝气。他向大家提议，凡是居住在这里的人，都要过一种新的生活，他们共同制定了学习公约和生活公约。公约规定：四合院内所有的居住者，都要亲自劳动，不雇佣勤杂人员和厨师，所有的活儿都自己干，包括做饭、挑水、洗衣服、打扫院子、清理垃圾，大家按照名单，轮流值日。公约得到了大家的一致同意。他们还在院内设置了阅报室、文艺室和会客室，集体凑钱订阅了大量的进步书籍、全国各省的进步报纸、杂志等。"曦园"仿佛成了社会主义大家庭的实验室。

然而，新的生活并不像他们设想的那样简单，那样理想。这些在劳动人民看来再平常不过的事情，对于这些富家子弟、知识分子来说似乎遇到了不小的困难。他们整天过着衣来伸手饭来张口的生活，很少干这些粗活。现在一个人要做十几个人的饭，还要挑水、洗菜、打扫卫生，且不说干得好坏，光这么多活儿就累得浑身酸疼，一天下来，几乎把全身力气都用尽了，恨不得早早躺下。他们也没有做饭的经验，不是没有做熟，就是过头了、糊了。炒菜也是或咸或淡，掌握不好。很多人一到值班日，就成了发愁日，不是应付差事就是有意逃避。

可是邓中夏并不这样，轮到他时，他总是拣重活、脏活干，把轻松一点儿的活儿让给别人。遇到别人不在，他就自告奋勇承担这个人的工作。他做的饭菜，也比较可口，各方面的安排也比较周到，大家都很满意。

不仅如此，在"曦园"邓中夏对自己的个人生活也安排得井井有条。首先他特别注意锻炼身体，每天起得很早，起来后用冷水洗脸，然后活动筋骨，练上一两套他学来的拳术。天气好的时候，他就到附近学校的操场打打网球。晚上，他用毛笔记载每天的心得，很少间断。他制订了详细的读书计划，一面研究中外历史，一面认真阅读马克思主义书刊。国内各种期刊，只要登载有关马克思主义学说和俄国革命的情况和资料，他都细心阅读，重要的内容要抄录在笔记本上，并且经常剪报贴报，分别归类。他阅读中国学术和西方学术著作，尤其注重社会历史和思想史，还有自然科学和外语的学习目标。有的同学见他的计划太大，劝他降低一点儿，他说："我已经下了最大决心，没有完不成的道理。"为了充分利用时间，他在桌子上放了一个小牌子，写着"五分钟谈话"，爱聊闲天的同学看到这块牌子，也不好意思多打扰了。

居住在"曦园"的邓中夏，一方面潜心研究马克思主义学说和俄国革命的成功实践，一方面和蔡和森、毛泽东有着密切的交往。

还是在长沙读书期间，他和蔡和森、毛泽东就结下了深厚的友谊。1918年8月，毛泽东来到了北大图书馆工作，邓中夏又多次和他在一起讨论中国的社会问题。1919年4月，毛泽东回到了湖南。

1919年10月，他接到了毛泽东从长沙寄来的一封信，看过信的内容后邓中夏兴奋不已。

原来长沙那边刚刚成立了一个"问题研究会"，毛泽东专门给他寄来了研究会的章程。

整个章程分十二条，共提出七十一个问题，有社会主义能否实施的问题，有民众如何联合的问题和民族自决的问题，有勤工俭学的问题，有国家制度的改良、废弃的问题，还有军事、财政、劳动、教育等等，从国内到国际，凡是人们关心的问题，甚至连女子、婚姻、家庭、宗教等都涉及了。

邓中夏完全赞同毛泽东的主张，这份章程也引起北大许多同学的注意，他们纷纷向邓中夏索要，于是邓中夏把这份《章程》在10月23日的《北京大学日刊》上全文登载出来，并在前面写了启事：

"我的朋友毛君泽东，从长沙寄来问题研究会章程十余份，在北京的朋友看了，都说很好，有研究的必要，各向我要了一份去。现在我只剩下一份，要的人还不少，我就借本校日刊登出，以答关心现代问题解决的诸君的雅意。"

这份研究会章程通过北大校刊的传播，广为人知，这些内容也在北大产生了深远的影响。

邓中夏依然在"曦园"探索着救国救民的革命道路，但"曦园"已经不是他最初理想中的"曦园"了。由于各人志向不同，有的人离开"曦园"找工作去了，有的人离开"曦园"出国留学去了，有的人离开"曦园"经商发财去了，有的人心灰意冷回老家去了，"曦园"的新生活实践无形中解体了。眼看着一个个同学离开了"曦园"，邓中夏的心里像打碎了的五味瓶，很不是滋味。

不久邓中夏的父亲从老家湖南专程来看望他。他想象着父子久别重逢的场景，不免有些激动，毕竟有很长一段时间没有见到父亲了。然而，这次父子俩的见面却以悲情的结局收场。

一天上午，在"曦园"邓中夏的住处，父子俩见面了。父亲对邓中夏说："爸爸通过熟人已在政府的农商部给你找到了一份工作，在那里有熟人关照，待遇非常优厚，前途也不错，毕业后就去上班吧！"

父亲刚把话说完，邓中夏就接过话茬儿说："我知道，总长派人把委任状送来了，我给他退回去了，我已经把这份工作辞掉了，我不想到那个地方上班。"

"什么？辞掉了？"父亲非常震惊，没有想到邓中夏会这样做。

呆了一会儿，他有些严厉地说："胡闹，你简直是疯了！"

"我不想做官！"邓中夏倔强地说，又像是自言自语。

父亲想要发怒，但还是克制住了情绪，邓中夏的想法他也并非没有思想准备，眼前他需要做的是引导邓中夏，他缓缓地说："孩子，这些年我花了这么多钱培养你，让你读书、上大学，带你进京，指望你有个好前程，光宗耀祖。做父亲的尽力了，也不容易。现在，你也不小了，为什么这样？为什么这样呢？……你到底想干什么呢？"

邓中夏见父亲眼角有泪花闪动，一时间心里也很难过，连忙劝慰道："爸爸，现在政治这样腐败，当官的对老百姓敲骨吸髓，你叫我去当这种官有什么意思？何况，我现在还有更重要的事情要做。"

"什么重要的事？"

"这个……"邓中夏为难地说："你不要问那么多了，将来就知道了。"

"将来？难道现在就不能对爸爸说吗？"父亲隐隐感觉到，邓中夏所说的"重要的事"，就是他自己选择的那些书刊宣传的"过激"的东西。做这些事情轻则锒铛入狱，重则是要掉脑袋的。他可不希望自己的儿子有什么闪失，他希望邓中夏能听他的话回到家乡做一个稳稳当当的官员，既安稳又显赫。

"中夏，你怎么变得这样了？"父亲近乎哀求地说，"我也活了半辈子了，你就不能听爸爸这一次？再说，你读书也花了不少钱，就这样白花了吗？"

"怎么算白花呢？我会有毕业文凭……"邓中夏不愿意再那样倔强，语气和缓下来了，态度却没有改变。

父亲看很难说服邓中夏，便怒气冲冲地说："好吧，既然这样，以后你就别想从我这儿再拿一个钱，我也没你这个儿子！"

满脸通红的父亲，把门"砰"地一甩，冲了出去。

邓中夏望着父亲远去的背影，真想追出去，可是，追上父亲又能说些什么呢？难道跟父亲妥协，按照父亲给他选择的道路走下去吗？不，决不！邓中夏要沿着自己认定的道路走下去。

六、长辛店崭露头角

父子俩这次不欢而散的见面，让邓中夏十分难过，可是，一想到自己的理想，他又坚定了信心，并开始勇猛地前进。

1920年3月，由李大钊秘密发起组织的"马克思学说研究会"在北京成立，邓中夏、罗章龙、张国焘、高君宇等成为该研究会的主要成员。他们的主要活动是搜集马克思学说的德、英、法、日各种文字的图书资料，并加以编译，组织讨论会和专题研究，主办讲演会、纪念会等。

同年10月，在共产国际代表的帮助下，由李大钊、邓中夏等人发起，北方党的最初组织——北京共产主义小组成立了，小组成员都是"马克思学说研究会"的骨干分子。11月，北京共产主义小组定名为中国共产党北京支部。此时的邓中夏已由一个爱国的先进知识分子，转变成为一个共产主义者。从这时起，他开始走上了共产主义道路，成为中国共产党最早的党员、北方党组织的主要创始人之一。他虽然还是北京大学的学生，实际上已经开始了职业革命家的生涯。

已经是一名中国共产党党员的邓中夏和李大钊的来往更加密切了。李大钊等早期共产党人从俄国十月革命的成功经验中敏锐地觉察到，广大工人阶级是革命的主要力量，未来的革命工人阶级是主力军，因此，组织和发动工人运动成了李大钊等共产党人急需解决的问题。几经商讨，大家认为有必要首先创办一个属于工人阶级的刊物，以此作为在广大工人中宣传共产主义思想的阵地。

1920年11月7日，一本由邓中夏负责创办的《劳动音》周刊正式创刊，邓中夏写了发刊词。《劳动音》出版后，深受北方各地工人群众的欢迎。

1920年冬，党组织决定在长辛店建立一个长期的固定据点，达到宣传教育工人群众的目的。

邓中夏等人受李大钊指派以"提倡平民教育"的名义，到长辛店开办劳动补习学校，作为开展工人运动的第一步。

长辛店在北京西南20多公里的地方，是京汉铁路北段的一个大站，设有铁路局管辖的3个工厂，有工人3000多人，是北京最大的工厂。五四运动中，长辛店工人和唐山、上海等地工人一道，举行了第一次政治罢工，推动运动走向了胜利，有着良好的工人运动基础。邓中夏也曾于1919年春天，带领北京大学平民教育讲演团到这里进行过宣传，认识了钳工史文彬等一批工人师傅。

到长辛店后，他先找到了史文彬。史文彬话语不多，为人热诚。邓中夏把想在这里办一所劳动补习学校的想法告诉了他，并进一步提示他说："现在社会上都在提倡普及平民教育，工人能认点儿字，是大有好处的。"

史文彬听后并没有立即回答，他沉默了一会儿，说："认字是好事儿，可眼下什么也没有，再说，这么大的事，如果厂里不赞成，怎么办？"

邓中夏见他面有难色，就对他说："这件事情你也不用着急回答我，你回去找几个热心的工友商量商量，等商定后再回答我也不迟。"

两天后，邓中夏又来到长辛店，找到史文彬，史文彬告诉他说："我已经找大家伙商量过了，大家都认为这事儿光凭几个热心的工人是难以弄成的。"

邓中夏听后并没有气馁，而是让史文彬找了几个工友，大家坐下来，认真分析，反复磋商，最终决定去拜访一个最有势力的工头：翻砂厂的邓长荣。这个人虽贪图名利，处事圆滑，但对上对下都能吃得开，如果能说动他帮助，事情就有了突破口。

邓中夏决定亲自去会会这位邓长荣。一天傍晚，他特意换上一身比较考究的衣服，直奔邓长荣家而去，来到邓长荣家他将一封介绍信递上去，自我介绍说："我是北京大学的，名叫邓中夏，有点儿事，想求本家先生帮忙。"

邓长荣见到来人也姓邓，介绍信又是一位很有身份的人写来的，就很客气地请邓中夏坐下。

看完信后，邓长荣不屑地说："办平民教育？这帮穷工人，学习有什么用？"

邓中夏早有思想准备，他耐心地解释说："读书，不但可以使工人增长见识，也可以改造社会风气，目前一些社会热心人士，都很赞成。如果邓先生对于这次办平民教育慷慨相助，我们想请先生当一个发起人。"

听到说可以当发起人，邓长荣感到有些意外，半信半疑地问邓中夏："我也当一个发起人？此话当真？"

邓中夏肯定地说："是的，我们还准备登报、发启事。"

邓长荣笑着问："发起人的名字也登报？"

邓中夏看邓长荣感兴趣，接着说："是的，也要登报。"

邓长荣点点头，略一停顿说："可以，我看可以，社会热心人士赞成，听你这么一说，这是个好事儿，应该支持！应该支持！"

邓长荣当上了发起人，很拿这当回事儿，该说话的时候，还真出力。有了邓长荣的支持，事情果然好办多了。

1921年1月，劳动补习学校在长辛店宣告成立了。学校设在三间平房内，用土坯垒起了讲台，工人们东拼西凑准备了几十张木制桌凳。补习学校分为日班和夜班，日班是为孩子们开办的，主要招收工人家的孩子和附近儿童，夜班专收工人。不论日班夜班，入学者一律免收学费，遇到经济困难的入学人员，学校还补助书籍和文具。

尽管如此，学校刚开始招生时来的人并不多。

有的说："咱不过是个工人，学这有用吗？"

有的说："这辈子也不想往上爬，费那个事儿干啥？"

还有的工人开玩笑说："要给饭吃，就去；不给饭，那就算了，没那个闲工夫。"

邓中夏似乎对此早有准备，他说："凡事都要有个过程，只要学校办下去就会有人听，听课的人感觉有用了就会影响其他人，听课的人一定会越来越多。"

邓中夏和教员们，在讲课过程中，经常用深入浅出的故事和一些生活中的实际例子作为授课内容，即使是一些高深难懂的革命道理，他们也能用通俗的例子、朴实的语言表达出来。比如：号召工人团结起来，就用"一堆沙子是散的，用石灰和水一掺和，就黏在一起了"，"五个人团结是只虎，十个人团结像条龙，一百人团结起来，就好比一座泰山，推也推不倒，摇也摇不动。"工人们听起来浅显易懂，不枯燥。没过多久来听课的人就越来越多了。

看到听课的人越来越多，邓中夏还经常组织北京共产主义小组的成员到学校来讲课或发表演讲，还将《工人周刊》和《新青年》等杂志带来，供工人们阅读。工人的思想觉悟有了迅速提高。不仅如此，邓中夏还经常换上工人的服装，深入到工厂，与更多的工人进行交流，熟悉工厂的生产过程，了解工人的生活状况。他还拜访工人家庭，和许多工人交上了朋友。

经过一个时期的培育，共产主义小组认为创建工会组织的时机已经成熟。

1921年5月1日，长辛店1000多名铁路工人举行庆祝五一国际劳动节大会，决定成立工人会。5月5日，京汉铁路长辛店铁路工人会宣告成立了。这是中国工人阶级在马克思主义指导下，由党领导建立的第一个产业工人工会。

工人会成立后，立即取得了群众的信任，工人们不再像以前那样，害怕工头，在工头面前抬不起头来，任人欺凌。他们在一些问题上，有理有据地和工头们展开斗争，总是取得胜利，这使工人们受到极大的鼓舞。可是这引起了工头们的恐惧，他们感觉到了工人团结起来的力量，感觉到了如果任其发展下去，必将会触及他们的利益。他们绝不甘心，连一开始支持成立补习学校的工头邓长荣，这时也转而与工人会为敌。他们开始出手了，不仅把几名带头的工人开除了，还将他们赶出了长辛店。觉悟了的工人和工头之间的矛盾日益激化。

7月，长辛店修车厂的工头用欺骗的手段，让工人们日夜加班，突击工作，任务完成后，他们不但不兑现以前所做的承诺，而且在工人们前来交涉时蛮不讲理，工人会及时发动修车厂全体工人举行罢工，抗议路局当局的欺骗行为，罢工持续了两个小时，工头在工人们的强大压力下，不得不做出妥协，接受了工人提出的各项条件。

这次斗争的胜利，使工人们看到了工人会的巨大威力，参加工人会的人迅速增多，工人会的声势也越来越大。

长辛店工人会成立以及罢工取得胜利的消息，通过《劳动音》及时作了报道，引起了全国工人尤其是北方工人的注意，于是不少地方派代表来参观学习。

为帮助全国铁路工人建立工会组织，邓中夏要求长辛店工人会派出大批骨干去各地传授经验，北方各铁路纷纷效仿，开始组建自己的工会组织。

1921年10月，长辛店铁路工人会改组，更名为长辛店铁路工人俱乐部。由此，"工人俱乐部"成为当时各地组建工会的通用名称。长辛店铁路工人俱乐部建立了委员会，史文彬被推选为委员长。由于史文彬等人在筹备和成立工人俱乐部工作中表现突出，由邓中夏介绍，还被吸收入党，长辛店有了中国共产党的组织。

长辛店工人俱乐部，是中国共产党组织建立的最早的工人工会组织，是马克思列宁主义与中国工人运动相结合的开端，是中国共产党开展职工运动的一个起点。从此，长辛店成为中国现代工人运动的策源地之一，邓中夏也成为中国工人运动早期的领导人之一。

七、于无声处听惊雷

1921年7月，在上海和浙江嘉兴南湖的一只小船上，发生了震惊世界的大事，那就是在此召开的中国共产党第一次全国代表大会。毛泽东、董必武、陈潭秋等13名代表，代表各地共产主义小组，参加了大会。大会通过了党的第一个纲领和第一个决议，选举了党的中央领导机构，正式成立了中国共产党。北京共产主义小组的邓中夏由于前往南京参加"少年中国学会"的第二次年会，未能参加一大。

作为中国工人阶级的先锋队组织的中国共产党成立后，决定把开展工人运动作为党的中心工作。1921年8月，党中央在上海成立了中国劳动组合书记部，作为领导全国工人运动的总机关，是中华全国总工会的前身。书记部主任是张国焘，邓中夏是书记部负责人之一，担任北方分部主任，负责领导北方工人运动；书记部总部的机关报是《劳动周刊》。书记部成立后，接着又在海内外各地建立了分部，毛泽东是湖南分部的主任。

在总部和各地分部的推动下，工人俱乐部等工会团体如雨后春笋般遍布海内外各地，并在全国范围内掀起了工人运动的新高潮。为了统一领导全国的工人运动，由中国劳动组合书记部等发起，决定于1922年，在广州召开第一次全国劳动大会。

5月1日，第一次全国劳动大会在广州正式开幕，邓中夏以长辛店工会代表的身份出席会议。他是北方工人运动的开创者和领导者，在代表中享有很高的威望，被选为大会的领导人之一。邓中夏在会议中提出了《工会组织原则案》。

会议期间，邓中夏还应邀出席了广州工会、香港工会和海员工会举行的欢迎会，他每次都发表演说，通过和这些工会组织和个人的广泛接触，结识了许多朋友。

大会结束后，作为中国社会主义青年团北京地方执行委员会书记，邓中夏又在广州出席了中国社会主义青年团第一次全国代表大会，会后回到上海。

1922年7月，中国共产党第二次全国代表大会在上海召开，邓中夏以正式代表的身份出席了这次会议。大会通过了《中国共产党第二次全国代表大会宣言》《中国共产党章程》等决议案，宣言中分析了世界的形势和中国社会的性质，并据此制定了党的最高纲领和最低纲领。大会还通过了参加共产国际的决议，改选了党的中央机关，并决定出版党的中央机关报——《向导》周报。邓中夏被选为中央执行委员会委员。

会后，邓中夏就任中国劳动组合书记部主任，总部机关由上海迁往北京，出版《工人周刊》为机关报；随后，党中央又任命邓中夏为中华全国总工会筹备委员会主任。

面对北方铁路工人在经济上待遇低下，政治上没有民主权利，受尽工头和军阀压迫的情况，邓中夏决定在工会工作基础最好、工人群众觉悟较高、党组织力量也比较雄厚的长辛店首先发动大罢工，以此与湖南等地工人罢工遥相呼应，形成南北呼应之势，壮大工人阶级的力量。

盛夏的夜晚，虽不像白天那样酷暑难耐，但温度依然较高，工人们有的穿着短裤，有的扇着扇子，三三两两地来到了长辛店的工人俱乐部。

不一会儿，俱乐部里就挤满了人，他们衣衫褴褛，有的站着，有的蹲着，人多却不嘈杂，只是不时有一两声咳嗽声和扇扇子的声音，他们都在聚精会神地听一个人的讲演。

只见史文彬站在人群中，沉痛地说："咱们工人真是太痛苦了，每天累死累活，得到了些什么？没的吃，没的穿，连说话的权利都没有……唉，不能再这样忍气吞声地活下去了，咱们得要求过好的生活。"

他的话引来人们的附和。

有的说："我也不要什么好生活，不要求吃香的、喝辣的，只要求吃饱穿暖，每天能多挣上几毛钱，也松口气。"

有的说："光加钱也不行。我们每天顶着星星来，顶着星星去，孩子都好几岁了，连当爹的也不认识，要是不减少钟点儿，累也得把人累死！"

邓中夏坐在台上边听边记，他扭头对史文彬说："还有什么，叫大伙都说说。"

史文彬大声说："还有什么要求，大家站起来说说。"

拘谨的工人们看到邓中夏和俱乐部的负责人问的、说的，都是最实在的问题，是关心他们生活、工作实际状况的，就渐渐放开了，把自己的想法、要求都说了出来。

人们在积极发言，只见邓中夏迅速地记录着、整理着，发言结束后，他把一张纸交给史文彬，说："你念给大伙听听。"

史文彬接过纸，站了起来，清了清嗓子，大声念道："现在我把大伙提的条件，念给大伙听听：第一，要求每人每天加一毛钱；第二，要求短牌（临时工）换长牌（正式工）；第三，要求把总管郭长泰等五个当头的换了；第四，要求改八小时工作，一个月歇四个礼拜天；第五，工人退休、死亡，子弟可以接班；第六，要求厂方给工人盖官房；第七……还有吗？"

"还有！"邓中夏说："工友们，我提议第一条还该加两个字——将要求每人每天加一毛钱，改成要求全路每人每天加一毛钱。天下工人是一家，我们不能光想着自己。"

大家都很赞成："对呀，工人们都不容易，要吃，大家都有的吃。加上！加上！"

人们纷纷称赞邓中夏心细、周到。

邓中夏接着说："好，现在已经有了这些条，大伙儿要没说的，我再添上一条：承认俱乐部有代表工人的权利。有了这条，其他的就不会落空了。"

"好！好！这条真管用！"一个工人说。

这时，一个老工人站起来，他不安地问邓中夏：

"邓先生，这些好是好，可咱们工人一没枪二没炮，上边要是不答应，怎么办？"

"我们就罢工！"邓中夏坚定地说，"香港的海员，不是也没有枪炮吗？可是他们一罢工，资本家就傻眼啦！上边要是不答应，咱们就一直罢下去，直到他们答应咱们的要求为止！"

"对呀！对呀！要给就给他个厉害的！"人们嚷着。

会后，长辛店工人俱乐部代表工友们把提出的条件递了上去。可是，一天、两天……几天过去了仍如石沉大海，没有任何答复的迹象。

1922年8月22日深夜，邓中夏又来到了长辛店；经过商议，23日，俱乐部给铁路局长发出最后通牒，限24小时之内予以答复。

铁路当局在限定的时间内仍然没有答复。

晚上，邓中夏在工人俱乐部做了最后的动员："上边现在还不答复我们的条件，为了达到我们的要求，明天我们就要开始大罢工了！这次罢工，不单为了我们长辛店三千多工人，更重要的是为了全京汉路两万多人的利益。因此，我们一定要团结，一定要争取最后的胜利。不达目的决不罢休！"

邓中夏又和史文彬等人连夜商讨具体罢工方案和斗争策略，经过充分的发动和准备，8月24日，长辛店三千多铁路工人在工人俱乐部的一声号令下，同时举行大罢工。罢工后，俱乐部代表工人向铁路局提出十多项复工条件。

京汉铁路是全国南北交通的一条大动脉，因罢工导致交通中断后，引起了当政者的恐慌，调来大批警察和军队，妄图强迫工人复工。但工人们组织有序，意志坚定，坚持不答应条件决不复工。

经过两天的激烈斗争，铁路局不得不同意接受工人俱乐部提出的大部分条件，不但解决了长辛店铁路工人的一些待遇问题，整个铁路中段和南段没有参加罢工的工人，也得到增加工资等待遇。

长辛店铁路工人的罢工斗争取得了胜利，这是我国铁路工人斗争史上一个空前的胜利。

8月27日，三千多罢工工人举行了一个盛大的庆祝大会，邓中夏到会并发表了讲话，会后工人们还举行了庆祝游行，并印制了大批传单，详细写明罢工斗争所取得的胜利，在铁路沿线散发，《工人周刊》还专门出了一期"特刊"进行宣传。

长辛店罢工的胜利，打响了北方铁路工人斗争的第一炮。它的影响巨大，紧接着9月4日，京奉铁路山海关机器厂工人举行罢工，要求换掉工头，改善生活，最后铁路当局不得不接受工人的条件。

9月9日，粤汉铁路武长段全体工人，因为监工虐待工人举行罢工，斗争坚持了20天，最终取得了胜利。

10月27日，在邓中夏派遣的何孟雄的直接领导下，京绥铁路一千多车务工人举行罢工，京绥铁路全线瘫痪。政府派大批军警包围车站，威胁工人，但工人们毫不屈服。经过两天两夜的激烈斗争，终于迫使铁路当局接受了工人提出的要求。

几次大罢工的胜利，鼓舞了铁路工人的士气，铁路工人看到了工会组织的巨大力量，明白了团结起来争取自身利益的重要，在短时间内铁路工人的罢工几乎席卷了全国。

10月，京奉路唐山制造厂三千多工人举行了大罢工，罢工坚持了8天，最后取得了胜利。

12月，正太路石家庄机器厂一千多工人举行了罢工，迫使洋资本家答应了工人提出的条件。

1923年初，津浦路浦镇机器厂工人联合浦口码头工人两千多人举行大罢工；粤汉路徐家棚两千多工人，也举行了罢工；京汉铁路刘家庙车站工人举行了罢工。

这些罢工斗争，都取得了不同程度的胜利。罢工的胜利，不但改善了工人的生活状况和劳动条件，而且大大提高了工人的政治觉悟。

邓中夏感慨地说："铁路罢工潮激动了每个工人的心胸，数千年来麻痹自卑的劳动者，到此时的确逐渐觉悟起来了，也就因此迅速地从改良生活的经济斗争，一跃而到反对军阀争取自由的政治斗争。"

与北方的罢工相呼应，南方的工人运动，在中国共产党劳动组合书记部总部及各分部的领导下，也轰轰烈烈地开展起来了。

1922年下半年，先后爆发了粤汉铁路工人大罢工、安源路矿工人大罢工、长沙泥木工人大罢工等；还有汉口钢铁工人的罢工、英美烟厂工人的罢工、汉口花厂工人的罢工。这些罢工打击了腐败的北洋军阀政府，壮大了工人的声势；罢工中影响最大的是安源路矿工人大罢工。

在邓中夏主持中国劳动组合书记部工作期间，我国工人运动出现了第一次高潮。这些罢工斗争的胜利，也使工会组织在这段时期得到了很大的发展。

八、血雨腥风陷低潮

一系列罢工斗争的胜利，极大地鼓舞了广大工人的革命斗志，使中国工人阶级看到了自己掌握自己命运的希望。邓中夏和书记部的同志们经过多次筹备，决定在郑州正式成立京汉铁路总工会，以便于更好地把京汉路的工人力量统一起来，形成合力。

1923年1月底，各地代表纷纷来到郑州，筹备成立京汉铁路总工会。消息传到军阀吴佩孚那里，吴佩孚以郑州是军事区为由，向筹备会人员发来通电，禁止在郑州开会。30日筹备会组成人员商议立即派代表史文彬等5人去洛阳，与吴佩孚交涉。经过一天的交涉，吴佩孚拒绝代表们提出的要求，交涉毫无结果。第二天晚上，史文彬他们只好从洛阳回来。消息很快传遍了每一名参会代表，大家非常气愤，一致决定成立大会如期举行。

2月1日清晨，郑州的街头一面是浩浩荡荡向预定的开会地点走去的工人代表们，一面是荷枪实弹、剑拔弩张的军警们，整个郑州街头笼罩着一种紧张的气氛。就在代表们到达会场附近时，大批军警上前阻拦，一个也不准通行，纷纷赶来的代表们和军警据理力争，双方相持两个多小时。最后工人们忍无可忍，高呼口号，冲破封锁，奋勇冲进会场。

在紧张的气氛中，大会主席史文彬宣布京汉铁路总工会成立。

然而，以吴佩孚为首的军阀反动派岂能善罢甘休，当天下午，大批军警捣毁工会驻地，占领工会会址，夺走了"京汉铁路总工会"的牌子，还封锁了旅馆、饭店，并拒绝向代表们提供食宿。

为抗议军警的暴行，当晚，总工会召开紧急会议，决定举行京汉铁路的总罢工，各地代表立即返回进行发动。

2月4日，京汉铁路全线举行了大罢工。几小时之内，1000多公里长的京汉铁路陷入了瘫痪，到处是灭了火的机车，摘了钩的货车。车站上，大门紧闭，货物堆积如山。

各地消息如雪片般飞到中国劳动组合书记部总部，邓中夏等总部领导人不停地忙碌着，时刻关注着罢工的动态，全力支持这次罢工，他们联络各界成立了"铁路工人罢工后援会"，联络学生团体举行了声势浩大的游行示威，夜以继日地听取各地的情况汇报，研究遇到的新问题新情况，并发出最新指示。

邓中夏非常关心的长辛店工会的消息也不断传过来。

4日那天，史文彬在娘娘宫，向几千工人报告了郑州开会的经过，说到最后声泪俱下。全厂工人听到军警的暴行，义愤填膺，表示坚决响应总工会的号召，举行罢工。工人们立即行动，他们表现出很强的组织才能，当天，所有开到长辛店的火车都被截住了，工人们想方设法通过其他方式把乘客送走。下午，大批士兵赶到，史文彬又组织工人讲演团，不顾自己安危，向士兵们散发传单，做了演讲。

5日，更多的士兵赶到，形势更为严峻，但工会委员和工人们依然坚守在工会，没有丝毫退缩。

6日，宛平城县长亲自劝说工人复工，史文彬他们无人理会，县长碰了一鼻子灰。

敌人软硬兼施，还用欺骗的手段，妄图使工人复工，但罢工工人在坚强的工会领导下，识破骗局，寸步不让。

邓中夏牵挂着这些工人们的斗争，关注着事态的发展，他彻夜难眠。当他得到铁路局长到了长辛店的消息时，知道史文彬他们的斗争势必更加艰难。他有一种不祥的预兆，不禁为长辛店的工友们捏了一把汗。

7日，长辛店工会的消息断了，邓中夏非常着急。他在办公室里来回踱着步，正想派人前去打探。就在这时，一个化装成农民模样的工人急匆匆地冲进来，气喘吁吁地说："邓主任，不好了，军警们在长辛店开了枪，把委员们都抓去了！"

邓中夏连忙劝这名工人同志说："慢一点儿说，我问你，有死伤吗？史文彬怎么样了？"

这名工人接着说:"工友们死伤很多,史文彬也被他们抓走了!"

听到这里,邓中夏把拳头狠狠地砸在桌子上,愤怒地说:"这笔血债,早晚是要让他们偿还的!"

他急忙召集同志们开会,决定用书记部的名义,向全国发出紧急电报,号召各地工人举行更大规模的示威,抗议反动派的暴行,声援罢工运动。

然而令邓中夏等总部领导人没有想到的是,哪里有工人的罢工哪里就有军警的疯狂镇压,一桩桩血腥屠杀的消息也源源不断地从各地传来:

2月7日,吴佩孚在帝国主义的支持下,命令湖北督军萧耀南对罢工实行武力镇压。当天下午,萧急派汉口镇守使署参谋长张厚生带领两营士兵,分三路包围了京汉铁路工会江岸分会,对工人实行血腥的屠杀,工人死难者50余人,受伤者300余人,被捕者60余人。江岸分工会委员长、共产党员林祥谦被捕后,被绑在江岸车站电线杆上,敌人强迫他下令复工。林祥谦坚决拒绝,敌人向他连砍数刀,活活将他砍死。临死前,他大声呼道:"我头可断,血可流,工不可复!"

湖北工团联合会法律顾问、共产党员施洋被捕后,敌人将他押至武昌洪山脚下杀害。临刑前,他对敌人厉声地说:"我不怕死,堂堂做人,反对强暴,你们杀了我一个施洋,还有千百个施洋……"

同一天,保定、郑州和京汉铁路其他各车站的罢工工人,也都遭到反动派的疯狂镇压。这就是震惊中外的"二七惨案"。"二七惨案"是中国工人运动史上最黑暗的一页。

为了避免更大的牺牲,保存革命力量,邓中夏以中国劳动组合书记部的名义下令,于2月9日结束罢工。

在疯狂屠杀各地罢工工友的同时,北洋军阀政府开始把魔爪伸向了在北京的中国劳动组合书记部,大批军警查封了书记部总部,并下令在全国捉拿和通缉邓中夏等总部领导人。一时间工人运动处于血雨腥风之中,一大批工运积极分子遭到屠杀,总部被查封,领导人被通缉,革命陷入了低潮。

邓中夏随时面临着被捕的危险,在他身处险境时,在北大读书时的同班同学许宝驹及时出现了,他想方设法找到了邓中夏,并把他接到自己亲戚家住,两人同住在一间小屋子里。

面临着极大危险的邓中夏,每天仍然冒险出去,秘密安排工作。他一面通过民权运动大同盟等团体,发出通电抗议声讨军阀屠杀工人的罪行,发动北京各界人士5000多人为死难工人召开追悼大会;一面又推动北京各社团及时成立了"京汉铁路罢工后援会",筹款援助罢工工人,抚恤受难工人家属,并委托人编印《京汉工人流血记》,散发到广大群众中。

由于中国劳动组合书记部被查封,党决定将中国劳动组合书记部机关迁往上海,邓中夏也要离开北京赴上海任职。离赴上海的日子越来越近了,许宝驹一方面难舍同学情谊,一方面又担心邓中夏的安全,他显得焦虑不安。邓中夏理解许宝驹的心情,就笑着对他说:"你放心好了,我一定能够平安到达上海的;即使遇到不幸,那也是极平常的事。古今中外,没有不流血的革命。共产主义革命,最后一定能胜利成功。能为共产主义而牺牲,也就等于不死。"许宝驹明白邓中夏的志向,只能默默地为他祝福。两位老同学的手紧紧地握在了一起。

为了避开反动派的检查,邓中夏不得不化装成商人的模样,乘火车离开了北京。

在前往上海的列车上,邓中夏回想着这段时间的斗争,想起被残杀的工友,想起被抓到监狱里的史文彬等工会委员,泪水不禁夺眶而出,他写下了一首充满英雄气概的战斗之歌:

军阀手中铁,
工人颈上血,
头可断,
肢可裂,
此志不可灭!

路过南京时，邓中夏还去看望了一位进步朋友，和这位朋友进行了一番长谈，鼓励朋友走革命的路。谈到二七大罢工的失败时，他满怀信心地再次表示："革命总要流血的，只要我们再接再厉，中国革命就一定会取得胜利！"

邓中夏人到达上海，心却始终惦念着参加二七大罢工的工人和战友，他撰写文章，在全国有影响的进步报刊发表，表彰罢工中牺牲的工人和革命者。在他撰写的《中国职工运动简史》中，把《京汉铁路大罢工——"二七"惨杀》专列为一章，详细叙述了工人阶级斗争的过程并作了高度评价，同时总结了斗争的经验教训。

二七大罢工暂时告一段落，但党对邓中夏寄予的期望更高了，他肩上的担子也将更重，许多重要的工作等待着他去做，迎接他的将是更大的考验。

九、上海积蓄新力量

1923年3月，邓中夏到达上海。

初春的上海，海风吹过略带一丝凉意。黄浦江边高高耸立的高楼大厦，在闪烁的霓虹灯的衬托下显得格外繁华，不同肤色的人们穿着各色服饰行色匆匆地走在大街上。晚上的夜上海，各种灯光交织在一起，如天上的星星一般，但又比天上的星星更多姿多彩。舞厅、酒吧里传出了各种靡靡之音，一些达官贵人、各界名流、外国人在这里过着纸迷金醉的生活。

上海这座世界性的大都市，宛如一颗东方明珠镶嵌在中国的东海岸边。多少人连做梦都想到上海来，但身处上海的邓中夏却是反动当局通缉的要犯，他满眼看到的是英租界、法租界、美租界一个个长着黄头发、白皮肤、高鼻梁的人横行霸道、为所欲为，他们统治着码头、金融、商界，将从各地掠夺的资源通过这里源源不断地运往各自国内，偌大的上海成了帝国主义掠夺中国资源的中转站。他当然没有心情欣赏这里的美景，他为这样的上海感到耻辱。

为了安全和工作方便，邓中夏只好改名为邓安石，经李大钊先生推荐，以中国共产党党员的身份到上海大学担任校务长，负责主持行政工作。

上海大学是由孙中山先生倡导、共产党与国民党共同创办的一所革命学校，由国民党元老于右任任校长，邵力子任副校长，共产党人瞿秋白任教务长，校内聚集了大批共产党人，这里成了共产党人在上海的主要活动场所。

邓中夏到任后首先对学校的科系规模进行了扩大，在文学和美术两科的基础上，把"文学科"扩大为中国文学和英国文学两个系，又开设了社会学系，学生人数也有成倍的增长；其次，对教师结构进行了优化，一方面聘请了当时著名的共产党人蔡和森、瞿秋白、张太雷、恽代英、萧楚女等担任教授，扩大共产党在学校的影响力，同时还解聘了一批没有真才实学、讲课不受欢迎的教师，使上海大学的教师队伍发生了根本变化。

他对学校的教学内容进行了重大调整，设立了许多新课程，还经常举行"特别讲座"，请李大钊、孙科等来校讲演，每当这些名人前来演说时，前来听课的人人满为患，教室里容不下，同学们就站在走廊里听，往往是屋里屋外形成了互动，讲到激动处有的同学甚至带头喊起了口号，上海大学的影响力日益扩大。不仅如此，学校还组织了许多学术性的研究团体，这些团体创办刊物，对各种问题进行热烈讨论，活跃了学校的学术气氛。

知名度越来越高的上海大学很快吸引了各地青年竞相报考，报考的人员也越来越多，原来的校舍已经不能满足需要，学校决定在上海寻找新校址并迁址，而此项工作又落在了邓中夏的头上，他不得不花费大量精力，全力做好选址和迁址工作。

邓中夏虽担任校务长，但他却过着非常简朴的生活，他拿出薪水中的大部分，用来帮助那些交不起学费的穷学生。他还为许多缓缴和分期缴纳学费的学生做了担保人。学生们对他的学识和为人十分佩服,有一大批有志青年学生围绕在他的周围,这也为宣传马列主义、培养党的后备人才提供了有利的条件。不仅如此,共产党人瞿秋白、蔡和森、恽代英等同志也经常为同学们讲解马列主义理论,用马列主义理论教育青年学生,勉励他们为推翻旧制度创造新生活而奋斗。一大批青年学生纷纷加入共产党人创办的各种社团组织,为革命培养了大批人才。当时上海大学被称为"东方红色大学",上海大学和北京大学南北呼应,成为共产党南北活动的两个中心。

1923年6月,中国共产党第三次全国代表大会在广州举行,这次大会重点讨论了国共两党合作的问题。邓中夏因为当时忙于上海大学的工作,未能去广州参加会议,但他完全拥护大会确立的国共合作建立革命的统一战线,被选为候补中央委员。7月8日,中共上海地方委员会兼区执行委员会进行改选,邓中夏、沈雁冰等5人当选为地委兼区委执行委员;第二天,邓中夏又在全体执委会上被公推为执委会委员长。随后他多次召开执委会议,研究和部署工作,在一些党员少的地区大力发展党员,建立、健全党的基层组织。

8月,邓中夏去南京出席了社会主义青年团的第二次全国代表大会,在会上被选为团中央的执行委员和组织部长。10月,他参与创办了中国社会主义青年团中央委员会的机关刊物《中国青年》。借助《中国青年》,邓中夏发表了很多文章,或论述青年运动,或与反动思想学说进行斗争,或阐明文艺理论,或指导青年的思想生活。

这段时间邓中夏十分忙碌,他既要领导党、团工作,又要管理上海大学的校务;既要搞工人运动,又要编辑刊物,撰写大量文章。但他是充实的,29岁的他,浑身散发着蓬勃的朝气,有使不完的劲儿。

1923年12月,邓中夏被派往北方,检查团组织的改选工作,他坐上了前往北京的列车。

初冬的北京,光秃秃的树干孤零零地直立着,时时被风吹得摇摇晃晃,马路上人们已经穿上了厚厚的棉衣,小河里也已结了一层薄薄的冰，阳光一照反射着刺眼的光。一想到就要见到分别许久的同学们，邓中夏也顾不得寒冷，他奔走于北京的大街小巷，约见了许多同学，召见了各团组织的负责人，了解了北方团组织的现状，分析了当时团组织开展工作的艰巨性和危险性，号召各级团组织既要坚持斗争又要注意安全，保存实力。

处理完北京的事务，第三天，他便匆匆踏上了去保定的路途。

临行前，许多朋友劝他说："保定是曹锟的老窝，防范很严，抓捕你的通告还没有撤，还是不去为好。"

面对好心的劝告，他笑着说："这些恶狗的目标是骨头，他们一心一意抢骨头去了，还怕什么！"

火车经过长辛店的时候，邓中夏看到熟悉的厂房，想到此前的斗争，感慨万千。他在日记中写道："过长辛店，往事兜在心头，光景看在眼底，不禁怆然而涕。"

火车到达保定的时候，已是傍晚。

很多熟人得到邓中夏到来的消息，都赶了过来，他们简单地寒暄过后，邓中夏就急切地问起二七大罢工中被捕工友们的现状。

一位同志叹了口气说："还在狱中呢，虽然受了很多苦，但都是好样的，没有一个动摇叛变的！"

听完，邓中夏感叹道："他们都是工人阶级的榜样。"

那位同志继续向邓中夏讲述了他所了解的情况，当听到被捕工友们都被关在军法处，每个人都戴着七八斤重的脚镣、手铐，敌人对他们用尽酷刑时，邓中夏泪水夺眶而出，他哽咽着说："他们受苦了！受苦了……"

稍稍平静后，他关切地问："史文彬怎样？"

那位同志回答说："史文彬因为是委员长，受刑最重，但他并不屈服。最近，他在狱中还建立了党小组，继续开展斗争……"

邓中夏听后，感慨道："史文彬不愧为工人阶级的杰出代表！"

深夜里，邓中夏躺在床上久久无法入睡，他想到那些和他一起领导工人运动的、亲如兄弟的工友们，此刻就关押在离他不远的地方，可是自己却无法探望，这些工友们还在忍受折磨，这是怎样的悲痛啊！

北方之行结束了，但邓中夏却陷入了深深的思考之中。是啊，工人阶级生活在最底层，饱受反动当局和资本家的压迫和欺侮，他们受压迫最深，革命的要求最迫切，也最容易团结和组织起来，是革命的中坚力量。二七大罢工虽然失败了，但工友们表现出了不怕牺牲的坚强斗志，工人运动之火绝不能熄灭，也不会熄灭，只会越烧越旺；只是作为党团组织应如何起到领导作用，帮助他们提高斗争的艺术性，还需要探索；对统治阶级和资本家的顽固、凶残和残暴的本质还认识不深，甚至还有一部分同志抱有同情心理，这是万万要不得的。

一回到上海，一种强烈的责任感驱使着他毅然拿起了毛笔。

他分析了中国无产阶级的形成、发展的过程，说明我们的组织虽然幼稚，但在不到三年的短时间内，能组织起二十多万工人，这在从来是一盘散沙的中国，是"一件可惊的事情"。接着他指出自京汉铁路工人罢工失败后，不仅是一般的同情者，就是"笃信共产主义的社会革命家"，对于工人阶级的力量，也开始抱"过分的怀疑"……

他引用自己在《论工人运动》一文中的话：敬佩的中国革命的社会运动家啊！望你们鼓起以往的精神与热心，持续的努力吧！如果因为稍稍受了一点儿挫折，便认为"此路不通"，另辟他道，恐怕你们"再革命一万年，也不能成功呢"！

邓中夏的这篇《我们的力量》，发表在1924年11月《中国工人》上。这篇战斗性很强的檄文，对于反对当时右倾机会主义错误和继续开展中国的工人运动，产生了巨大的影响，有着深远的意义。

邓中夏认识到上海是中国工人阶级最集中的城市，只有把上海工人群众重新发动和组织起来，才能逐步恢复全国的工人运动，推动国民革命。

当选中共上海区委执行委员后，他就立即在区委领导下建立了一个"劳动委员会"，主要任务就是恢复上海市各主要产业部门的工人运动；同时还组织创办了工人刊物《青年工人》月刊，并亲自为创刊号写了两篇文章,《青年工人》成为向青年工人宣传革命思想的主要阵地。他还积极创办"平民学校",帮助工人学习文化,提高政治觉悟;在上海大学他还亲自主持召开"筹备平民教育大会",表明开展平民教育的宗旨。在邓中夏的积极提倡和帮助下,不少平民学校相继建了起来了。

这些平民学校开办后,迫切需要既能帮助工人学习文化,又能提高他们阶级觉悟的教材,邓中夏写出了数万字的《劳动常识》,供各平民学校作为学习的课本。

《劳动常识》以通俗的语言,简要阐述了人类社会进化的各个时期的历史,证明劳动人民就是社会的主人,工人阶级只有组织起来,进行斗争,才能改变生活困苦的不合理状况,摆脱受剥削受压迫的地位。

在继续关注工人运动的同时,担任中共上海地委兼区委执委会委员长的邓中夏,也十分注意对上海各阶层人士的统战工作,在区委下专门成立了"国民运动委员会",其任务主要是发动共产党员对上海各社会团体和知名人士积极开展统战工作,提出国民运动的方针和方法等。

从1923年下半年起,邓中夏就帮助国民党左派廖仲恺等人创办《新建设》《新民国》杂志,为这两个杂志撰写了大量文章。这些文章揭露了帝国主义及北洋军阀的罪行,号召全国人民立即起来参加国民革命,推翻反动统治;同时也热情赞扬了国民党的改组,积极宣传了国共合作的必要性和重要性。

邓中夏不但在理论上提倡统一战线,在国共两党合作之后,也处处注意联合国民党人。他在上海大学学生会发起举办的"上海夏令营讲学会",不仅请人讲述马列主义观点,同时也请国民党要人讲授新三民主义等内容。这样的安排取得了良好的效果,使听讲者了解了国内国外的现状,增加了知识,又保持和加强了国共两党的合作关系。

但是邓中夏对待国共合作是坚持原则的,他既注意争取和团结国民党左派,又坚决反对国民党中少数人的分裂破坏活动。

在邓中夏的领导下,上海的统战工作卓有成效,国民党一大召开前后,在中国共产党的帮助下,迅速实现了国民党的改组,大批共产党员加入国民党,为国民党增添了活力,许多著名的共产党员在上海国民党执行部中担任了要职,上海出现了国共合作的新局面。

十、二月风暴

1924年5月,党中央决定在中央工农部内设立工会运动委员会,由邓中夏任书记。委员会成立后,邓中夏的主要工作就是领导工会运动。与他一起搞工运的,还有恽代英、李立三、项英等同志以及上海大学的一些学生。

最近一个时期,邓中夏有点儿神出鬼没。他每天上午都在上海大学办公,可是一到下午,就不见踪影了,但是没有人知道他在干什么。

原来邓中夏是到上海工人最集中、人数最多的地方——小沙渡工业区,在那里找了三间破旧的民房,放了几张桌凳,办起了"沪西工人俱乐部"。他和同志们经常去那里给工人们讲课,因为有着与工人群众接触的丰富经验,加上他很好的口才,他的课程深受欢迎,工人们也很愿意和他在一起,向他请教问题,一起交流思想。

过了一段之间,一个叫朱晓华的女工引起了他的注意,朱晓华不但问的问题最多,而且问题也比较深刻,说出了工人们的心里话,击中了敌人的要害。他十分欣赏朱晓华的勇气,因为那时的人们思想还比较保守,女孩子上学常受到家庭的阻拦,朱晓华的妈妈一到晚上就不让她出来,而朱晓华就此经常与家里发生矛盾。邓中夏了解到情况后,就亲自到朱晓华的家里,给她的父母做通了工作,还经常派人护送她回家。

邓中夏结合朱晓华提出的问题,并加以扩展,集中给工人们进行讲解。他用浅显易懂的实例,给工人们讲解了资本家是怎样剥削工人的,使工人们了解了什么是资本,什么是资本家,剥削是怎样产生的，资本家通过什么样的方式建立起厂房，产生丰厚利润，过着花天酒地的生活；而创造利润的人，被他们剥削了还心存感激。工人们听了如梦初醒，许多工人似乎解开了困惑已久的心结。他们认识到了，要想过上好日子就必须和资本家进行斗争，再也不能这样糊里糊涂过日子了。

　　为了进一步了解工厂的真实情况，组织发动基层工人，邓中夏萌生了深入到工厂车间去的想法。可是工厂门口都有值班人员把守，外来人员很难进去，硬闯势必会暴露身份。怎样才能进入工厂，来到工人身边呢？邓中夏一时也没有想出好的办法。几天过去了，他仍然一筹莫展，突然他想到了一个人，他紧锁的眉头舒展了许多。

　　有一天晚上，朱晓华和往常一样按时来听课。听完课，邓中夏喊住了她，把自己的想法一五一十地说了出来。她听后先是一愣，继而又面带难色地说："我们厂门口日本人管得可严了，不会让外人进去的。"

　　邓中夏笑着说："不要紧，你只要按照我说的去办就行了。"

　　过了一天，邓中夏如约来到朱晓华所在的工厂门口。不一会儿，朱晓华来到了他的面前，只见她将一个入厂证递到邓中夏的手上，随后又递给他一身工人的服装。就这样邓中夏与工人们一起走进了工厂的大门。为了避免不必要的麻烦，朱晓华领着邓中夏准备从边门进入车间。当他们走过一条潮湿的通道时，看到在车间大门边，有几个工人正坐在地上吃饭，见来人了吓得拔腿就跑，饭盒被打翻，饭菜洒了一地。

　　邓中夏心里直纳闷儿，就问朱晓华："他们跑什么？"

　　朱晓华说："工人在厂里是不让吃饭的，工头看到了，就会把饭盒踢飞，还要打这些工人。"

　　邓中夏走到近前仔细查看了一下，见洒在地上的饭是水泡的，里面还有些白花花的东西，就问朱晓华："这些白的东西是什么？"

　　朱晓华说："这些都是四处乱飞的棉絮，盛饭的篮子就挂在纱车下，落上这些东西又淘洗不出来，也没有时间挑拣，只好就这样吃下去，很多人因长时间吃这些东西还得了肺病。"

他们边走边聊，不知不觉就进入了简陋的厂房，邓中夏被眼前的景象惊呆了。只见昏暗的灯光下，一群瘦弱不堪的工人们，忙碌地干着活，连有人进来也顾不上看一眼，其中有的童工，看上去也就十来岁的样子，个头还没有机器高，正踩在大木墩上干活。邓中夏正要走过去，却忽然发现一个年龄不大的女孩子浑身打颤，满脸通红，便走上前去关心地问："你怎么啦？生病了吗？"那个女孩子抬头看了看他，眼泪直往外流，一句话也没说。

朱晓华小声对邓中夏说："这孩子八成是尿裤子了，厂里规定童工上厕所要有小便牌，不然就会受罚，可是全车间一百多人，只有三个木牌，轮不过来，她们就常常急得尿裤子……"

听完这些，邓中夏愤怒地说："简直拿人不当人，这哪里是工厂，简直是人间地狱！"

说话间，前面传来一声尖叫，邓中夏急忙赶过去，只见一个女工躺在地上，浑身是汗……

大家都无奈地叹息着，朱晓华赶在邓中夏问话之前说："这是小产了，这样的事发生不止一次了。女工怀孕后，怕厂里知道了开除，失去工作，就用布勒紧肚子，有的把孩子活活勒死；即使生下来，不是残废，就是傻子……"

邓中夏再也听不下去了，他愤怒到了极点，他甚至不知道自己是怎么离开厂房的。

后来，他曾多次把自己的这次经历及所见所闻讲给工人们听，原本以为工人们一定会义愤填膺，引起共鸣，可是，大大出乎意料，工人们对这些遭遇早就习以为常了，在他们看来，工人就是受苦的命，不这样忍着还能怎么样？

甚至有人说："这样的工作也不好找，想当工人的多着呢？你不干，很快就会有人顶替。"

听到这些，邓中夏感慨万千。是啊！中国的工人阶级长期受着多重压迫，已经麻木了，看来不从思想上唤起他们，工人运动就无法成功。

自此以后，邓中夏便下定了决心，必须在工人中发展骨干力量，通过他们去影响身边的人，让更多的人接受教育。于是，他有意识地开始给一些骨干工人讲工人运动的成功经验和失败教训。他讲长辛店的工人、唐山的工人还有北方许多工人，通过自己的斗争改变了命运，工人建立了自己的组织，当家做了主人。他还特别介绍了长辛店工人斗争的情况。

在邓中夏的组织和影响下，上海的工人们一步步组织起来了。

1925年2月1日，日本资本家在上海开设的内外棉第八厂，资方无端解雇大批工人，工人交涉无果，随即举行了全厂罢工。罢工后，资方采取高压政策，拘捕罢工的工人代表，扣发罢工人员的工资。沪西工友俱乐部得知后立即发动各厂工人声援罢工，到2月中旬，全市有22家日本纱厂罢工，参加罢工的工人达到了4万多人，上海掀起了一场二月风暴。

大罢工爆发后，党中央成立了专门指挥这次罢工的罢工委员会，指定邓中夏、李立三为委员会总负责人，上海100多名工厂党员也接到命令，积极投入到这场罢工斗争中。

邓中夏等成立了"总指挥处""分指挥处"，还成立了护卫队和纠察队，来保护工人领袖和维持罢工秩序。总指挥处向日本资本家提出了不准打人、不准无故开除职工、承认工会有代表工人的权利等6项要求。日本资本家，一开始态度极为强硬，不愿做任何让步。一大批工人代表和护卫队、纠察队队员被抓走投入监狱，邓中夏也被敌人关进监狱，所幸他的身份并没有暴露，后经党和工会组织积极营救，他和狱中人员全部获救。

此次罢工，在以邓中夏等人为首的罢工委员会领导下，工人与资本家展开针锋相对的斗争，不达目的誓不罢休。罢工持续了20多天，最终以日本资本家的妥协而告终，罢工取得了最终胜利。这次罢工的胜利，再一次证明了，只要工人阶级团结起来，共同抵抗，就能够取得工人运动的最终胜利。

1925年4月，邓中夏奉命离开上海，前往广州，负责筹备即将在广州召开的第二次全国劳动大会。为此他专门写了文章，预言全国工人运动第二次高潮即将到来，召开第二次全国劳动大会已是刻不容缓的任务。他指出，这次劳动大会应该着重讨论和解决组织问题、经济斗争问题、争自由运动问题、参加国民革命问题、工农联盟问题和国际联合问题。他的文章引起了参会代表们的极大注意，他的一些主张，成为代表们共同的思想基础。

5月1日，第二次全国劳动大会在广州正式召开。赤色工会的国际代表也专程从莫斯科赶来参加大会，大会通过了《中华全国总工会章程》和《第二次全国劳动大会宣言》。

大会还按照《中华全国总工会章程》成立了中华全国总工会，决定中华全国总工会加入赤色职工国际。会议选举了邓中夏、苏兆征等25人为"全总"执行委员。执委选出后，又召开执委会议，推举林伟民（海员工会领导人）为中华全国总工会委员长，刘少奇等为副委员长，邓中夏为秘书长兼宣传部长，李启汉为组织部长；同时，邓中夏被党中央任命为中共"全总"党团书记，负责主持"全总"的党团工作。

十一、香港变"臭港"

1925年5月，上海日本纱厂资本家开枪打死工人顾正红，并打伤十几个工人，纱厂工人开始罢工抗议，上海各界群起响应，外国租界竟以"扰乱治安"为名逮捕数人。

5月30日，上海的工人和学生，在租界举行示威游行，要求释放被捕的工人、学生，近万名群众集合在南京路英国巡捕房门口，高呼"打倒帝国主义""全中国人民团结起来"等口号，英国巡捕开枪射击，打死打伤许多示威群众，酿成惨案，这就是震惊中外的五卅惨案。

五卅惨案发生后，全国人民纷纷行动起来抗议帝国主义的暴行。上海的工人、学生和市民，在中国共产党的领导下，举行了罢工、罢课、罢市斗争。很快，斗争发展到全国，形成了大规模的反帝斗争的怒潮。

为了给五卅惨案制造者英国殖民者以有力的打击，全国总工会决定发动省港大罢工，邓中夏受命到香港做发动罢工的准备。

一到香港，邓中夏就找到香港地下党的支部书记黄平，并通过黄平马上组织香港的党团员代表召开会议，传达了上级关于开展省港大罢工的决定精神。

他问黄平："你熟悉香港的情况，对于中央的这项决定你怎么看？"

黄平说："完全拥护党和上级的决定。可是香港的共产党员还不到10人，而且大都是码头工人，共青团员比党员多几个，多半是学生，这样的力量能把几十万工人发动起来吗？"邓中夏看出了他的疑虑，他接着问："其他同志怎么看？"

有几位同志说出了自己的担忧：香港工会不少，可是不统一。怎样发动和领导？他们能不能听我们的？

听完他们的发言后，邓中夏解释说："我刚才听了大家的看法，看来大家还是有顾虑，缺乏信心。"

他接着说："我知道困难的确很大，可是大家想过没有，五卅惨案爆发前，谁能想到会爆发这么大一个运动呢？现在，尽管我们有很多困难，但有利条件也还是有的。比如，像苏兆征，他在工人中就有很高威望，在他的影响下，海员工会会跟我们走的。另外，电车、印务一些工会，也有我们的群众。只要我们充分利用这些条件，做好工作，罢工还是可以实现的。"

他还把在内地领导和发动工人罢工斗争的经验和教训讲给与会的同志们听，他说："只要我们做好充分的准备，利用好各方面的有利条件，讲清利弊，这次罢工就一定能够成功！"

听了邓中夏这番话，人们开始有了信心。

这次会议后，香港各工厂都接到了由香港进步工会印制的宣传单，邓中夏亲自撰写了宣传内容，写明了五卅惨案的真相，揭露了英帝国主义的丑恶嘴脸。邓中夏还奔走于各报馆、学校和团体之间，他出席各种会议，并在会议上发表演说，讲解当前的形势，号召香港的学生、知识分子以及各阶层人民立即投入反帝爱国运动中，举行罢课示威，开展反帝宣传，支援工人罢工。

经过大量的卓有成效的工作，再加上香港媒体的配合宣传，香港各学校的爱国师生迅速行动起来，表示支持工人罢工。

邓中夏和苏兆征一起走访香港各工会的领导人，并积极争取黄色工会的负责人。黄色工会是香港的一个特殊群体，他们考虑问题先从自己的利益出发，只要有利的就干，对他们没有利益的事情，他们毫无兴趣。对于这次罢工，他们想的更多的也是是否对自身有利益，因此犹豫不决。他们知道如果不参加，倘若罢工胜利了，他们就失去了参与的机会；同时，邓中夏又对他们进行了爱国主义教育，规劝他们要顾及全中国人民的感情，大家毕竟都是炎黄子孙，并根据实际情况在利益方面对他们予以照顾，解除了他们的顾虑，绝大多数黄色工会负责人改变了态度，表示支持罢工。

经过大量的艰苦细致的准备，举行罢工的时机已经成熟，邓中夏遂以中华全国总工会的名义，正式召集香港各工会代表开会讨论大罢工问题，与会代表都表示坚决拥护罢工。

会议正式通过了罢工宣言，宣言中说：

中国自鸦片战争之后，帝国主义除了经济的、政治的、文化的侵略以外，还要加以武力的屠杀，是可忍，孰不可忍！故我全港工会代表联席会议，一致决议与上海、汉口各地取同一之行动，与帝国主义决一死战。我们为民族的生存与尊严计，明知帝国主义的快枪、巨炮可以致我们死命，然而我们亦知中华民族奋斗亦死，不奋斗亦死，与其不奋斗而死，何如奋斗而死，可以鲜血铸成民族历史之光荣。所以我们毫不畏惧，愿与强权决一死战。

这气壮山河的宣言，充分表达了中国人民反抗帝国主义的坚强意志。

1925年6月19日，震惊世界的香港大罢工爆发了。

从这天起，电车、印刷、船务等行业工人首先开始了罢工，他们纷纷离开香港返回广州，随后香港各行各业工人陆续开始罢工。很快，参加罢工的总人数达25万人，人们像潮水般涌向码头、车站。

香港政府慌了，宣布戒严，海军陆战队全体登陆，军舰在海面上日夜巡逻，大炮脱去炮衣，炮口对准香港和九龙。外国人全都集中到各大酒店，准备随时撤退，到处充满了紧张的气氛。

机枪和大炮，武力和恐吓，都没有能阻止人们罢工返回内地的步伐。车站边，码头旁，到处睡满了返程的人们。人们背着包袱，抱着孩子，挑着东西，不断向船上、火车上拥去。

九龙到深圳的铁路线上，尽管英国已经把票价提高了5倍，仍然阻挡不了涌来的人群。车站上人山人海，每列火车的车顶上都坐满了人。有的挤不上车，就徒步走起来。在边界，人们冲破全副武装的印度兵的阻拦，涌向广东各地。

深圳这边是另一种景象，车站上飘扬着"欢迎罢工工人回国"的大旗，火车增加了班次，日夜不停。大批罢工工人回到了广州。

6月23日，回到广州的罢工工人，与广州的工人、学生和青年士兵共10万人，举行了示威大游行，人们高呼"打倒帝国主义""取消不平等条约"等口号。

当游行的队伍走到广州沙面租界的对岸沙基时，英、法两国军警和巡捕向游行的人群开枪射击，当场打死50多人，打伤170多人，这就是震惊全国的"沙基惨案"。

沙基惨案发生后，租界的洋务工人，也举行了大罢工。沙面工人的罢工和香港工人的罢工，被合称为"省港大罢工"。

数以万计的工人从香港返回广州，这些人的吃饭、住宿都成了问题，如果解决不好这些最基本的问题，罢工就可能半途而废。邓中夏意识到了问题的严重性，他决定依靠广东革命政府和中共广东区委，采取果断措施，封闭了广州一些赌场、烟馆和所有的空房子，腾出了大量的房屋，解决了住宿问题。他们还建立大批工人食堂，解决了工人的吃饭问题。

在解决好这些问题的同时，邓中夏建立了由香港各工会代表、沙面工会代表和中华全国总工会代表组成的省港罢工委员会，来领导罢工，苏兆征任罢工委员会委员长。罢工委员会还设立了干事局，干事局下设立专门部门，各部门各司其职，不受政府干涉。完善的机构，保证了罢工的各项工作在罢工委员会的统一领导下有条不紊地进行。经上级党组织批准，罢工委员会内成立了"中央省港罢工委员会党团"，邓中夏担任党团书记，苏兆征、黄平等是党团成员，这是罢工委员会的最高领导核心。

罢工委员会还公开聘请了廖仲恺、汪精卫、邓中夏、黄平等人为总顾问，以取得广东革命政府对罢工的支持，便于罢工委员会开展各项工作。

邓中夏还创办了《工人之路》作为罢工委员会和全国总工会的机关报，对罢工工人进行宣传教育，及时传达罢工委员会的决定。创办初期，邓中夏亲自担任了主编。他还根据以前的斗争经验，为对抗敌人、封锁香港和维护罢工秩序，及时地组建了一支有2000多人组成的工人纠察队。

纠察队建立后，广州的市容很快得到改观。街头打架骂人、小偷小摸的事情大为减少，帝国主义的威风也一扫而尽。过去广州一有风吹草动，一些有钱的人，都争着挂上外国旗，表明自己是外国的产业，可以不受干扰。现在，不单没人再这样做，甚至连外国的教堂，也挂上了中国的旗帜。外国人上街，都老老实实佩戴着写有自己国家名字的臂章，不敢再露出丝毫的神气。

广州在工人纠察队的统一管理下，秩序井然，香港却一片狼藉、混乱不堪。猪肉鸡蛋价格飙升，蔬菜和牛肉严重匮乏，从不自己洗衣、做饭、带孩子的英国人也不得不自己动手了……

过海的交通停了，港英当局只得调海军代替。

爬山的电缆车停了，只能走路上山，一些养尊处优的外国人，身子太胖，上山走不动，只好让听差的扛着藤椅跟在后面，走一段，歇一段。

更可笑的是，清洁工人罢工后，马桶没人倒，住在高楼上的人，竟然用纸裹住大便，从窗户扔下去，在街上行走的人，随时会被这种"飞天屎"击中，走起路来都胆战心惊。

在短短的时间里，香港弄得遍地是屎，臭气熏天。香港变成了"臭港"。

邓中夏听到这消息，看到了罢工的成果，心里非常高兴。罢工才一个月，就有了这样的成绩，实在叫人兴奋。他决定写一篇短评，内容是"香港帝国主义每月损失一万万余元"。第二天，他把写好的稿子交给《工人之路》编辑，并嘱咐说："以后，每天把英帝国主义损失的钱数，用大号字登在报上，让每个罢工工人都知道，我们多坚持一天，帝国主义就多损失400万元！"

为真正集中罢工工人的意见，及时解决罢工过程中出现的问题，依靠群众力量来克服和战胜各种困难，邓中夏发动全体罢工工人，按照50人选出一个代表的办法，进行了一次民主选举，选出了800多名工人代表，组成有高度权威的"罢工工人代表大会"，作为罢工工人的最高权力机关，这是一个符合民主集中制原则的严密的组织系统，在罢工中显示了强大的力量。

但是也有一些败类利用罢工发起了罢工财。当初在罢工委员会建立时，为了团结香港黄色工会，安排他们的头头担任了许多部门的负责人，而他们当中的有些人，担任领导职务后，并不真心拥护罢工，不为罢工出力，不为工人着想，而是利用职权贪污舞弊，胡作非为。其中一个叫梁子光的头头，当上接待部主任和纠察队队长后，就利用职权侵吞公款，甚至敲诈勒索，做了不少坏事。苏兆征发现后，对他进行了严肃的批评，梁子光不但不认错，反而以拉走他黄色工会、退出罢工委员会相威胁。

邓中夏和苏兆征意识到，不只是一个梁子光，和梁子光有同样行为的人还有很多，他们当初参加罢工就是为了捞得好处，罢工取得阶段性胜利后，他们的本性就暴露出来。

邓中夏和苏兆征充分依靠罢工工人代表大会的民主制度，想办法解决这些问题。他们请代表大会派人对梁子光的问题进行调查，查明他的大量罪行之后，便在大会上公开揭露出来。原来属于梁子光领导的许多工人代表和工会会员认清了梁的面目，决心和他脱离关系，梁子光完全陷于孤立。代表大会根据掌握的情况，对梁子光进行审判，决定判处重刑。由于国民党要员出面讲情，才没有判处梁的罪行，但他的一切职务被撤销了。其他一些行为不端，牟取私人利益的人，见到对梁子光的处理，也收敛了一些。

邓中夏处理这些事件，依靠的是群众力量，既惩治了坏分子，也警戒了意志不坚定的人，给工人代表权力，工人也有发言权，是很高明的。为此，邓中夏被赤色职工国际称赞为"铁腕组织家"。

解决了罢工组织内部的问题，邓中夏又着手解决更大的难题。那就是省港大罢工刚开始的时候，罢工委员会曾派遣工人纠察队分驻各海口，日夜巡逻，全面封锁香港。但由于在策略上的疏忽，没有把矛头对准英国，在封锁香港时也不准其他国家船只到广州贸易，这也给罢工本身造成了不利影响。

广东是依靠从海外进口粮食、燃料和日用品的地区，各国船只与广州的贸易被切断后，不但给广东人民在生活上带来很大的困难，也使广州商人无生意可做。资产阶级对罢工日益不满，英国也利用这种情况，竭力拉拢各国共同反对罢工，形成多国联合进攻广州的危险。

面对这种情况，大家议论纷纷，但提不出好主意。邓中夏认为斗争的矛头是英国，树敌过多对罢工也不利，对于贸易各国也应该区别对待；而且各国之间也存在矛盾，斗争是长期的，应该分化瓦解敌人，集中力量打击英国。对于英国以外的各国商船，只要他们不贩卖英国商品，不经过香港，可以颁发许可证，准许他们来广州贸易。

邓中夏的建议被采纳，立即取得了很好的效果。各国的商船按规定纷纷到广州领取许可证，恢复贸易。广州江面每天有几十艘船只出入，呈现了繁荣的局面。这些船只为了保证不经过香港，不运英货，还接受了罢工委员会在每一条船只上都派有代表监视的条件。

这项政策，既解决了罢工工人的生计，促进了广州经济的繁荣，促使商人保持中立，稳定了广州的政局，又拆散了存在于外国之间的联盟，起到了一箭双雕的作用。

为进一步争取商人的支持，邓中夏又提出了"工商联合"的政策，在广州建立"工农商学联合会"，建立统一战线组织。这个组织里既有商人的代表，也有工农学界的代表。各阶层都有代表，有利于做各阶层的工作，尤其是资产阶级的工作。他常到广州市工农商学联合会和商民大会上作报告，发表演讲。他的演讲和报告主要是从中华民族的利益出发，要求商人明白省港大罢工的意义。他讲的道理商人们乐于接受，商人们用热烈的掌声来表达心情。有些原来反对大罢工的商人，在他的教育下，也逐渐改变了态度。为援助罢工工人，代表们回去后展开了募捐。

邓中夏对人诚恳，没有架子，还善于分析问题，强于做思想工作，一些工商业者常主动上门找邓中夏交谈。邓中夏对这些来访者也总是热情接待，坦诚交流，与他们交换意见，这些工作对争取广东工商界人士支持罢工起到了很好的作用。

邓中夏还非常注意对工人进行教育。1926年6月，邓中夏在广州工人代表会第二次大会上，专门作了关于农工商学大联合的报告。他指出，为巩固工农商学的联合战线，就要照顾两方面的利益：资本家既不能借口工人为谋中华民族解放而反对工人增加工资的合理要求；同时，工人也要注意不可提出过高的要求，否则工厂倒闭对工人是不利的。

邓中夏也十分重视工农联合的政策。

工人纠察队全面封锁香港后，香港粮食匮乏，粮价暴涨，乡村中的地主为了牟取暴利，便勾结军阀土匪，进行武装走私，往香港贩卖粮食，破坏罢工委员会的封锁政策，一些农民也被他们利用了。

邓中夏提议组织"农村宣传队"，向广大农民宣传封锁香港的意义。罢工委员会接受了这个建议，很快组织人员携带着旗帜、标语、画报和各种宣传品分赴各地展开宣传，工人纠察队也积极配合。

邓中夏的这些策略，对省港大罢工起到了巨大的指导作用，为取得罢工的胜利打下了基础。

十二、纯洁工会队伍

省港工人大罢工在邓中夏、苏兆征等的领导下如火如荼地进行着，上万名香港工人返回内地，香港几乎陷入瘫痪状态。广大工人群众也越来越认清了帝国主义的本质，从斗争中得到了锤炼。但是，邓中夏也听到、看到了一些令人担忧和不安的现象。由于香港工会是我国最早的工会组织，工会的种类也特别多，工会总数达到100多个，分为两个总工会系统：一个是"工团总会"，一个是"华工总会"，还有零散的独立工会组织，成分十分复杂，除一部分是产业工会外，很多是带有行会性质的手工业工会，也有不少是黄色工会。许多工会头头品行不端，甚至有些负责人就是地痞流氓。这些工会组织不统一，各立门户，互相猜疑，江湖习气充斥工会队伍内部。许多工会组织都被一些坏头头控制着，他们控制工人群众，给罢工委员会出难题、抢名誉、要地位，争名夺利，滥用职权图牟私利，阻挠工会统一。这种状况如不加以改变，就会破坏罢工工人的团结，影响罢工工人的情绪，葬送目前已经取得的来之不易的成果，导致罢工斗争半途而废。

邓中夏决定改变这种状况。

他认为工会是一座"红色炮台"，炮台建设不好，就缺乏战斗力。因此，他决定从1925年底起，在香港罢工工人中发动了一场统一香港工会组织，也就是"构筑红色炮台"的运动。为了为年底的运动造势，他从1925年11月起，就在《工人之路》上连续发表文章，阐述工会应该发挥什么力量来保证罢工胜利，以及工会的建设。他指出工会是很厉害的武器，是无产阶级的炮台。为了进一步阐释构筑红色炮台的必要性，让广大工人认识到建设好工会的紧迫性，他还举例说，1922年，香港海员大罢工时曾和帝国主义订立了协议，但后来帝国主义都不愿意执行，协议成了一张废纸，就是因为工会组织得不好，炮台没有建成。他说：我如果有炮台，帝国主义看着就会发抖，订立的协议就不敢不履行。所以一定要建筑炮台，也就是一定要把工会组织好，特别是要建筑"前方的炮台"，要把香港统一的总工会建设好。

经过前期的大力宣传，反复的教育，广大工人群众的思想觉悟和认识水平都有了很大的提高，为接下来的构筑"红色炮台运动"打下了思想理论基础。

同时，他还深入细致地做了许多工会头头的思想工作，争取大多数人的支持，孤立一小撮顽固不化的坏头头。由于工作细致，准备充分，工会改组工作顺利进行。他不仅撤换了一些坏头头，把一些害群之马清除出工会队伍，还从工人群众中选拔了一些优秀分子充实到各级工会组织中，纯洁了工会队伍，为取得罢工斗争的最终胜利提供了组织保证。

1926年4月，香港总工会第一次代表大会在广州召开，历时11天。会议听取了邓中夏作的政治报告，讨论通过了《香港总工会组织章程》，选举产生了总工会领导机构，宣告香港总工会正式成立。闭幕时，邓中夏又做了《我们要巩固已建成的炮台》的报告，号召大家加强团结，巩固组织，使香港总工会在反对帝国主义的斗争中发挥越来越大的威力。从此，香港的工人运动进入了一个崭新的发展阶段。

香港总工会整顿好以后，邓中夏又对广州的工会组织进行了整顿。当时广州的工会组织和香港一样，名目繁多，成分复杂，处于各自为政、矛盾重重的状态。除少数是由产业工人组织起来的工会外，多数是手工业工人组织起来的工会，还有一些是资本家组织起来的为他们服务的"工会"，也有的是国民党右派为了反对和破坏工人运动而组织的反动工会。各工会之间的斗争也非常激烈，时常发生斗殴事件，造成人身伤害。邓中夏叹息说：这种情况，实在是广州工会运动中最可痛心的事情。为此，他提出从速组织广州工人代表大会。广州工会根据这个建议建立了工人代表大会，但是由于资产阶级组织的"工会"和国民党右派所组织的反动工会的捣乱，广州工会中的不团结现象并没有根除，对广州工会组织的整顿和改组并没有达到预期效果，邓中夏感觉到肩上的担子更重了。

经过一段时间思索，邓中夏开始注意培养工人中的骨干分子，培训工人干部。除了自己亲自办刊物宣传正确的主张外，还建立了工人培训学校，亲自给工人授课。他还担任了由省港罢工委员会和中华全国总工会联合创办的中国工人阶级的最高学府"劳动学院"的院长，刘少奇、恽代英等人任教员，开设多门课程。从该学院培养出的学员，大多成了省港大罢工的领导骨干，为中国共产党培养了大批得力的干部。

在长期的工人运动实践中，邓中夏意识到工人不建立自己的武装，单靠赤手空拳是无法与拥有军队的反动统治阶级和有钱有势的资本家进行较量的，其结果必是以工人的流血牺牲而告终。他非常重视建立和加强工人阶级的武装。1925年4月，邓中夏还在上海时，就写文章指出上海纱厂的大罢工所以能够取得胜利，重要原因之一，是罢工一开始就建立了强有力的工人武装组织"护卫团"和"义勇军"，因而使工会和罢工领导人的安全得到保护，使流氓、打手、工贼和租界巡捕不敢随意捣乱。如果工人没有武装组织，"摧残工会捕拿领袖"的事早就发生了，罢工斗争就会受到严重挫折。

省港大罢工开始后，为了封锁香港，打击工贼，维持罢工秩序，在邓中夏的建议和领导下，罢工委员会立即选调大批工人，组成了有2000多人的强大的工人纠察队。纠察队按军队编制组建，并配有步枪等武器，他亲自兼任纠察队训育长和总队委，黄埔军校派人前来担任教官，训练工人。他还抽调不少党团员，担任纠察队的队长和党代表等职务，以保证工人纠察队的政治质量，使之成为接受党的领导、忠于工人阶级事业的武装力量。为满足海上缉私队和巡逻的需要，纠察队还配备了1000多艘小艇，成为罢工委员会的一支小型"海军"。

邓中夏还十分重视对纠察队的教育训练工作，他和纠察队其他领导人一道，寻找适合的训练营地，进行野外训练，建立了专门训练纠察队干部的"模范队"，队长是黄埔军校的毕业生。他在"模范队"举行的开学典礼上为队员作了动员报告，鼓励队员学好军事、政治，更好地为工人阶级的事业服务。

这支训练有素、军容整齐严肃的工人纠察队，得到了广州各界人士的好评，也为罢工斗争的胜利起到了保驾护航的作用。

十三、蹊跷的东园火灾

省港大罢工期间的羊城广州，工人们在工会的组织下经常到码头、车站、商场、公园等公众场合进行革命宣传，街头巷尾也总能看到戴着红袖标的工人纠察队在巡逻，荷枪实弹的武装工人在码头、要道口、重要场所站岗护卫，广州的市民遇到困难也愿意找工会组织解决。每逢开会，或有群众活动，成千上万的工人队伍打着大旗，像潮水般地涌上街头。羊城广州的大街小巷处处留下了工人活动的痕迹，成为名副其实的工人运动中心。日益发展壮大的工人运动及工会组织的政治影响力，使罢工委员会在广州形成了很大的政治势力，这使得国民政府不得不重新审视工人运动产生的巨大影响，并逐渐感到了工人运动的可怕。

更令他们感到恐慌的是，广州街头到处流传着一种说法，那就是，广州出现了两个政府，一个是国民政府，一个是工人阶级领导的"东园政府"。由于罢工委员会的办公地址设在东园，日常运作采取民主集中制，体系严密而灵活，罢工委员会领导的工人纠察队、工人武装经常活跃于广州街头，为老百姓撑腰壮胆，就像是一个由工人阶级掌握的政权，故而有人称之为"东园政府"。

邓中夏听到这种说法后，知道是有人故意挑拨离间、制造事端，于是在一次群众集会上，对这种说法进行了批驳，他说："东园是省港罢工委员会的所在地，罢委会管的一切，都是与罢工有关的，从来没有代替政府，也没有行使过政府的职权，这种说法，不过是想挑起政府和罢工委员会之间的矛盾，分裂政府与工人之间的关系，是别有用心的。我们要彻底粉碎他们的企图！"

对于国民政府，邓中夏是这样说的，但在工人代表会上，他又有另外的说法，他说："当然，有人既然说我们是第二政府，这又有什么了不得呢？应该知道，我们工人阶级，是要有自己政府的。今天的大罢工，就好比是一所试验工人专政的大学堂，训练我们怎样管理国家，怎样掌握政权。"

他思索了一下，接着说："我们有四只军舰，这好比是我们的海军；有几千人的纠察队，这好比是我们的陆军；还有罢委会，作为我们最高的领导机关；有工人代表大会作为我们的最高权力机关；还有《工人之路》报、医院、学校、食堂等等的一切……现在，我们在广州一地，慢慢培养发展，越变越大，越变越多，就可以一步步发展到全国各地！"

工人代表们听了，都感觉非常自豪和振奋。

罢工正在向着胜利的目标前行，但有些不希望罢工胜利的人，一些仇视工人运动的人，帝国主义和反动政府，各种企图破坏罢工的势力，也在寻找一切机会，或明或暗地进行破坏活动。

一天，苏兆征正在召开罢工工人代表会，忽然听到街上传来呼喊声："着火了，快救火啊！"苏兆征还没愣过神来，就见有人匆匆忙忙地跑过来说："不好了，东园着火了。"

苏兆征大吃一惊，大喊一声："快去救火！"

人们立即拥出会场，向东园方向跑去。远远地看到罢工委员会所在地浓烟滚滚，火光冲天。

等人们跑到东园，已经烧得差不多了，很多人仍在忙碌着，场面一片混乱。工人们望着自己的家园化为灰烬，无不悲痛万分。此刻，他们所能做的就是尽最大努力，减少损失。他们立刻投入到了抢救工作中，有的拼命扑救明火，有的在往外抢救重要物资；有人帮助会计部在被烧成灰烬的废墟上，寻找着装款项和单据的保险柜，可是，找遍了所有地方，连影子也找不到。

这时人群中不知谁最先说了句："大伙不觉得这火着得有点儿蹊跷吗？"

"是啊！""保险柜怎么还没了？"有人随声附和着。

人越聚越多,议论纷纷,有人说:"这把大火与苏兆征有关,因为他是财政委员会的负责人,为了营私舞弊,就串通了会计部主任,制造了这场大火,就是为了消灭罪证……"

一些不明真相的人也跟着起哄,嚷着要严查,事情越闹越大,甚至,有的人指名骂起苏兆征来:

"这个姓苏的,看起来也不怎么样!"

"这小子,是想发财……"

还有更难听的话,在沸沸扬扬的人声中传了出来,一时间局面有些混乱。

这时候苏兆征走了过来。和他同来的一位很了解苏兆征的同志,听到这些不堪入耳的话,非常气愤,要找说这些话的人理论,苏兆征一把拉住了他。只见他冷静地看着大伙,以最大的克制,压住内心的冲动,平静而有力地说:

"大火当前,先别议论这些了,等调查清楚后自然会真相大白。我苏兆征恳请大伙赶快救火,东西能抢出来多少就抢多少。"

听了苏兆征的话,大伙立即分头动手忙起来。

这时,不知是谁喊了一句:"保险柜又不是木头的,不可能被烧坏,是不是掉进河里了。"

对啊!这时大家才想起来,会计部的房子是用竹子、席棚搭在河面上的,地板被烧了,保险柜一定是掉到河里了。于是,人们连忙跳到河里,四下寻找,果然发现了保险柜。当大家很高兴地把保险柜捞上来,正要取出里面的单据和钱时,就听后边有人大叫一声:"先别动!"人们回头一看,是苏兆征。

他说:"我建议,立即组织一个查账委员会,来审核账目,在没有查清楚之前请大家先别打开保险柜。"

说完,他环视四周,接着说:"我们要对全体罢工工人负责,有人骂我们,不要紧,但我们必须求得全体罢工工人的信任。"

这时,邓中夏也匆匆赶了过来。他和苏兆征在现场转了一圈,查看了起火现场。

他俩刚回到人群中，就听见人群中有人说："今天下午，除了开会的代表，大家都去运东西，东园已经没什么人了。这时候忽然听到有人叫：着火了，着火了！只见罢委会总办公室那边，冒着黑烟，远处有个陌生的人影，正在往外跑，一转眼就不见了……"

听到这里，邓中夏若有所思地说："老苏，这场火没那么简单，我建议立即组织一个调查委员会，尽快查清着火的原因。"

苏兆征点了点头。邓中夏又吩咐马上把各部负责人叫来开会，人们陆续赶了过来。

废墟中还有星星点点的余火，邓中夏指着废墟气愤地说道："同志们，今天这场大火，看来不是一件孤立的事情，也不是偶然事件。不久前，广州发生了中山舰事件，现在，又有人把我们的罢委会烧了，这难道是毫无联系吗？我看，这恐怕是有人在成心捣乱，他们的目的很明确就是要破坏我们的罢工运动。"

说完，他转过身，坚定地说："不过，大家也不要怕，不要泄气，更不要着急，我们要是乱了步子，几十万罢工工人就更乱了，现在最重要的是马上采取措施，进行抢修！"

按照邓中夏的部署，罢工委员会解决了临时办公、住宿等问题，恢复了各机关的正常办公。几天后，查账委员会也查明会计部的账目毫无问题，粉碎了敌人诬陷苏兆征的阴谋，还了苏兆征的清白。人们的混乱情绪一扫而光，精神重新振奋起来。

不久，烧成灰烬的东园重新建了起来，邓中夏领导的工人罢工委员会又不断地从这里发出新的指令，东园又恢复了昔日的繁忙景象。

十四、谈判桌外的斗争

1926年7月，正值广东国民政府进行北伐期间，英国政府派出了3名代表，就所谓中国"排英货问题"与国民政府进行谈判，国民政府派出了以外交部部长陈友仁为首的3名代表作为谈判代表。

谈判的消息引起了国内外舆论的普遍关注，邓中夏更是把这次谈判，看作是事关国家及民族荣辱的重大事件密切关注。他认为这次中英谈判是中国人民和百年来一直欺侮我国的英国的一场严峻的外交斗争，谈判的成败，直接关系到全民族的荣辱；谈判胜利，是全民族的光荣，谈判失败，则是全民族的耻辱。

邓中夏通过观察发现了香港当局缺乏解决罢工问题的诚意，在正式谈判开始前，他在《工人之路》等刊物上发表了3篇文章，批判了香港当局的蛮横态度，揭露了帝国主义的阴谋，对于实现这次谈判起到了策应和促进作用。他在《中英谈判中的我见》一文中对如何进行这次谈判提出了宝贵的意见。他指出，这次中英谈判能不能取得外交上的胜利，开头的斗争搞得好不好具有决定性的影响。在一些具体问题上，他还明确提出自己的看法，认为很多事情"英国应负责任"。谈判中，我们首先要"反问英国人，为什么在中国领土上杀害中国人民？上海、南京人民之血，九江之血，重庆之血，以至于我们亲眼看见的沙基之血，都是构成我们不能不排英的因素"。

他还一针见血地指出，英国在南中国，除了沙基屠杀外，还有其他的不法行为，因此中国人民的反抗是必然的，是完全正义的，他们的态度一日不改变，我国人民必将继续应用"罢工与排货"这一斗争武器。这些意见，代表了中国人民反对外国侵略者压迫的正义立场，合理合法，因而得到了谈判代表陈友仁等的重视，并在后来的谈判过程中被采纳。

邓中夏虽然没有参加这次正式谈判，但他却开辟了第二条外交战线，提出了一系列的谈判主张，对这次谈判斗争发挥了很重要的作用，充分显示了他杰出的外交才能和伟大的爱国情怀。

7月15日，中英谈判举行第一次会议，这是一次礼节性的会晤，没有谈实质性的内容。

7月16日上午，举行第二次会议。陈友仁义正词严地列举了英国压迫和屠杀中国人民的大量事实，指出中国人民的排英运动，正是由英国长期以来压迫和屠杀我国人民造成的结果，责任完全在英国一边。

他向英方代表一连提出三个问题，并要求英方代表答复：

一是为什么英国杀害我国人民，制造沙基惨案？

二是为什么香港要封锁广州？

三是为什么英国政府不诚意接受解决条件？

国民政府代表提出的这三个问题，切中要害，咄咄逼人，英方代表始料未及，一时慌了手脚，他们要求3日后在第三次谈判时予以答复，并要求中国代表在他们没有答复之前，不要在报纸等媒体上，独自泄露谈判的内容，发表自己的意见。这是明显的缓兵之计。

作为这样的条件，国民政府本不应该接受，但谈判代表担心谈判气氛过于紧张，易引起更多的麻烦，当场表示接受了对方的要求。邓中夏得知后，立即指出这是一个大错误。他预见到下次会谈中，英方一定会对我方提出的意见书进行反驳，为上海五卅惨案和沙基惨案辩护，指责省港罢工，以推卸他们的责任。为了使我方的谈判代表思想上早有准备，邓中夏随即又在《工人之路》上发表了《香港能推卸责任乎？》，给我方代表提供了驳斥对方的论点和论据。

7月19日，第三次中英会谈正式举行，果然不出邓中夏所料，英方代表颠倒黑白，倒打一耙，双方各持己见，互不相让，会谈不得不中止，第三次谈判很快以破裂而结束。但双方决定于7月21日举行第四次会谈。

英方代表在谈判中的无理态度，很快传遍了全国，激怒了有正义感的中华儿女。为表示中国人民的义愤，在邓中夏的提议下，广州工农商学各界15万人，7月21日中午，在广东大学操场举行示威大会。邓中夏主持了大会，并发表演说，号召各界人民联合起来坚决做政府的后盾，为实现罢工委员会提出的各项条件与帝国主义斗争到底。各界人民代表和国民革命军总政治部主任邓演达也在大会上讲了话。到会群众热烈高呼"力争沙基惨案条件""力争省港罢工条件""中华民族解放万岁"等口号，并一致通过《工农学商各界力争沙基惨案及省港罢工条件宣言》。

7月21日，中英第四次谈判如期举行，但谈判依然没有大的进展。

邓中夏又及时在《工人之路》上发表《中英谈判总评》的文章，除对英国政府在这次谈判中的态度进行评论外，对英方的种种谬论，用无可辩驳的具体事实，进行了全面系统的批驳。

邓中夏在谈判桌外的斗争和我国谈判代表在谈判桌上对英方的无理狡辩进行的严正驳斥，使对方在谈判中始终处于理屈词穷的被动局面。

7月23日，中英双方代表的第五次会谈举行，我方提出的解决方案，英方以"须请示伦敦政府"为借口，迟迟未予答复。

尽管谈判没有具体结果，但对中国人民来说，却是外交上的一大胜利。

邓中夏说，自辛亥革命政府以来，各帝国主义国家从未把广东国民政府放在眼里，这次英国不得不委派同等数目与同等权责的代表，与广东国民政府举行正式的平等会议，承认广州国民政府是代表中国人民的政府。"中国以民族主义办外交，并坦率指责帝国主义，这算是中国外交史上的第一次。"

1926年10月10日，在北伐军不断取得重大胜利的形势下，邓中夏代表省港罢工委员会，在广州各界人民举行的庆祝"双十节"的大会上，宣布取消对香港的封锁，罢工胜利结束。

同时，为了解决安置罢工工人的费用问题，国民政府与罢工委员会联合决定在海关附近设立征税机关，由政府和罢工委员会共同负责。这又是中国革命史上的新纪录，是中国工人阶级在反帝斗争中的一个新胜利。

在历时一年零四个月的省港工人罢工中，邓中夏和苏兆征以高瞻远瞩的敏锐洞察力，以他们的高贵品质，树立了很高的威望，赢得了工人群众的真心爱戴，工人们把他们当做学习的榜样，并称他们是引导工人群众走向光明的"两盏指路明灯"。

省港大罢工是世界工运史上时间最长的一次大罢工，在经济上、政治上给英帝国主义以沉重的打击，显示了中国工人阶级的伟大力量和奋斗精神，在中国革命史上写下了光辉的一页。

十五、忙碌的活动家

省港大罢工结束后,邓中夏的工运使命暂时告一段落,更重要的工作在时刻召唤着他。1926年7月,在中国共产党参与领导和推动下,国民革命军正式出师北伐,一举攻克了长沙,8月收复了湖南全省;10月,一举攻克江汉重镇武汉,革命势力迅速扩展到长江流域。

随着革命形势的发展,党决定派邓中夏到武汉工作。1927年4月邓中夏离开广州,来到当时的革命中心——武汉,参加筹备中共五大的工作。在党的五大上,邓中夏再次当选为中央执行委员。

工农革命的蓬勃发展和中国共产党的不断壮大,使帝国主义和国民党右派害怕了。

1927年4月12日,蒋介石在上海公然发动了反革命政变,上海总工会等工会组织被查封,工人纠察队的武装被解除,大批工人领袖和工会干部被逮捕,有的惨遭杀害。一时间风云突变,大批共产党人和革命群众惨遭屠杀,各地的共产党组织机关被破坏,全国笼罩在白色恐怖之中。

在这样的形势下,陈独秀等人还对国民党反动派抱有幻想,一再忍让,使党遭受了惨重的损失,不少工人领袖牺牲了,李大钊也在北方遭到了反动军阀的杀害,革命受到了严重威胁。

在这生死危急的关头,中国共产党中央于1927年8月7日,在湖北汉口召开了紧急的八七会议,坚决纠正和结束了陈独秀的错误领导,撤销了陈独秀在党内的领导职务。邓中夏在这次会上,起到了积极的作用。会议选举了新的临时中央政治局,瞿秋白、李维汉、苏兆征等9人当选为政治局委员,邓中夏和毛泽东、周恩来等7人当选为政治局候补委员。

正在会议紧张进行的时候,得悉共产党江苏省委机关被敌人破获,省委书记陈延年被捕牺牲。中共中央随即决定调邓中夏担任江苏省委书记，继续领导江苏的革命斗争。邓中夏坚决服从中央决定，即刻动身前往江苏。

他一来到上海，就开始了紧张的工作，他甚至连饭都顾不上吃，连固定的住处都没来得及找。他急于想了解上海的情况，几经辗转，他找到了当时江苏省委常委、农民部长兼宣传部长王若飞同志。王若飞见到邓中夏非常高兴，他把上海的现状及了解到的上海党组织的情况，向邓中夏做了介绍。他说："现在白色恐怖笼罩着整个上海滩，每天都有大批的人被捕、被杀，一些同志刚接上头，就被切断了；一个机关刚恢复，就又被破坏了；几个小时前还在一起谈话的同志，几个小时后就被押上了敌人的警备车、断头台。"

说到这里，王若飞突然提高了嗓音，激动地说："在反革命势力严重的摧残下，有的人消极了，有的人害怕了，有的人动摇了，连召集开会都非常困难。"

听了王若飞的介绍，邓中夏露出了凝重的表情。他痛斥了国民党反动派的丑恶行径，并对王若飞说："看来恢复和完善党组织的工作，是当务之急，必须尽快进行。"

王若飞赞许地点点头。

在随后的几天里，邓中夏和一些同志在极端困难的情况下，顽强地开拓局面，恢复党的组织，果断地撤换了一些革命意志消极和动摇的不称职的领导，疏散了已经暴露身份的干部和党员，加强和充实了各市县党组织。他完全无视反动派的逮捕、监禁和枪杀的威胁，把个人生死置之度外。经过艰苦的努力，打散了的党员，又逐渐地集中起来，冲垮了的组织，又一个个地建立起来了。有的组织一连被敌人破坏了几次，又一连恢复了几次。一个同志被捕了，很快有其他同志填补上来。

一天，邓中夏召集了一个紧急会议。同志们陆续到来，坐了满满一屋子，门窗关得严严实实的。

见人已经到齐了，王若飞就站起来宣布："同志们，现在开会了。首先，让我们向在敌人大屠杀中英勇牺牲的烈士们默哀三分钟。"

人们纷纷站起，摘下帽子，室内充满一种悲愤、庄严、肃穆的气氛。王若飞接着宣布："下面，由省委书记邓中夏同志作报告。"

邓中夏向同志们摆了摆手，开始作报告。他用了大量的篇幅，谈了近来的形势，分析了当前面临的新情况；最后，他心情沉痛地说："同志们，蒋介石发动的反革命政变，到现在已经半年了。半年来，他们杀害了我们多少革命同志，破坏了我们多少革命组织，我们党花了多年心血，辛辛苦苦建立起来的队伍，被他们摧残得七零八落！……为了回应敌人疯狂的屠杀，根据中央决定，我们要来一个全面暴动，以暴制暴，坚决打击敌人的嚣张气焰。"

随后他对暴动作了详细的安排。

但在盲动主义路线的指导下，由于对革命形势作了错误的估计，这一次大规模的暴动，最后失败了。

12月中旬，震动全国的广州起义，也以失败而告终。

广州起义失败后，邓中夏接到中央紧急通知，让他立即准备接待向上海撤退的同志。他连忙紧张地行动起来，组织有关人员筹款，找房子，寻找衣被……

他对上海的同志们说："大家都知道，我们的经费确实很困难，这么多人一下涌来，衣食住行都是问题。但是，再困难我们也要想办法，我建议大家，把自己吃的、穿的省下来，也要帮助撤退过来的同志。"

由于准备充分，那些从香港、汕头撤退过来的同志的吃、喝、住、行及看病等都得到了妥善安置。经过一段时间的整顿，邓中夏又把一部分人疏散到外地去，既有利于开展工作，又减轻了经费负担。

在邓中夏的艰苦努力下，党在江苏的局面有了明显改观，邓中夏的工作也得到了党中央的高度评价。他又接受了新的使命，担任中共广东省委书记，扭转广州起义失败后的被动局面。

1928年初，邓中夏在香港正式接手了广东省委书记的工作。

邓中夏到任后，了解到由于广州起义的失败和广东省委书记张太雷的牺牲，加上当时党内的一些混乱思想，同志们意见多，情绪激动；如果不把这些问题解决好，将同志们的认识统一起来，工作就很难进行。

为此，邓中夏组织召开了党员骨干分子大会。

他动员说："同志们，我们召开这次大会，就是要让大家各抒己见，自由发言，从而达到统一思想之目的。"

会议期间，大家积极发言，激烈地讨论，对广州起义失败的原因达成了共识，大家的思想逐渐统一了。多年后，周恩来在总结历史经验时，一方面肯定了这次起义是广州工人和革命军人联合起来的英勇尝试；另一方面也指出，在革命处于低潮应当退却的时候，还不善于退却。

1928年2月20日上午，邓中夏在香港广东省委的地下机关主持省委的常委会，研究给琼崖特委的指示信及其他工作。会议结束后，因琼崖特委交通员当天下午要返回琼崖，邓中夏让负责抄写的张穆同志将已经讨论的定稿，立即送到设在另一地点的秘密联络处去誊写，以便及时给交通员带回琼崖。张穆刚离开会场几分钟，香港当局的大批警察就突然冲进会场进行搜查。

他们查到会议记录后，便将在场的全体人员逮捕，送往警察局关押。

突然的搜捕，使不少人感觉意外，有些紧张。但邓中夏非常沉着，在警察盘问时，他根据早就和大家约好的一套说辞应对。邓中夏说自己姓葛，是从上海来香港做生意的商人，在场的也都是商人，正在商谈一笔交易；至于警察搜查到的那本会议记录，他们都不知情。

其他同志的说法也一样。警察局警员并不完全相信，何况手上还有会议记录，就问会议记录的事。

邓中夏知道记录人张穆已经离开会场，记录本上没有在场人员的笔迹，所以也就和这些人无关。他要求做笔迹鉴定，以证这些人的清白，其他人员也要求警察核验笔迹。

警察当局核验后确实没有找到与记录上笔迹相同的人员，但警察局根据检举，知道黄谦是共产党，怀疑被捕者可能都是共产党，因而没有将他们释放，想通过继续侦查弄清他们的身份。

在关押期间，邓中夏等人虽然受到多次审讯，甚至被严刑逼供，但始终都坚持说自己是商人。邓中夏当时留着长发，蓄着胡子，穿着一件大褂，确实很像一个商人。

邓中夏等同志被捕后，香港地下党组织和一些参加过省港大罢工的工人立即展开营救。他们除派人去监狱探望和送食物外，还聘请一位香港律师为邓中夏等人辩护，但香港警局并不理会律师的辩护意见。

香港地下党及时向党中央报告了邓中夏被捕的消息，党中央非常重视，派周恩来到香港组织营救工作。周恩来到达后，积极联系，聘请一位著名的英国大律师，为邓中夏等人辩护。香港当局不得不将这一案件移交香港法庭。审理时，英国大律师出庭为邓中夏等作了长篇的无罪辩护，要求法院立即将在押人员无罪释放，香港警方坚持继续侦查。律师和警方代表在庭上展开了激烈的辩论，邓中夏等也据理力争，抗议警察当局侵犯人权。

由于香港当局始终未能查明邓中夏等人的真实身份，又没有掌握他们任何"罪证"，法庭只得作出裁决：除黄谦外，被拘留的其他人员全部释放，并要求释放人员立即离开香港。

第二天，邓中夏等出狱。

黄谦因身份被敌人查明，1928年6月被国民党引渡回广州，受酷刑逼供，但他宁死不屈，6月16日在广州红花岗被杀害。

出狱后，邓中夏才了解到，香港警察局突然搜查会场，是因为有人向香港警察局报告了参加会议的黄谦。

黄谦大革命时期在广州郊区工作，曾下令处死过一个恶霸地主，被地主的儿子怀恨在心。大革命失败后，黄谦到了香港，这个地主的儿子闻讯赶来，到处打听黄谦的下落，发现黄谦的踪迹后，就一直跟踪。黄谦是广东省委常委，他这次来开会时，已经被地主的儿子跟踪并报告给香港警察，警察局一听黄谦是共产党员，才立即派大批警察包围了省委地下机关。

1928年3月，邓中夏回到上海后不久，便奉命去莫斯科参加赤色职工国际第四次代表大会和中国共产党的第六次全国代表大会。

邓中夏到达莫斯科后，和苏兆征等参加了1928年3月18日在莫斯科开幕的赤色职工国际第四次代表大会。这次会议有来自50多个国家的工会代表团和代表，是国际工人运动史上的一次重要会议；中国工会代表团由15人组成，邓中夏是代表团领导人之一。在这次大会上邓中夏被选为赤色职工国际中央执行局委员。

经过邓中夏、瞿秋白、周恩来等人的积极筹备，中国共产党第六次全国代表大会于1928年6月18日在莫斯科隆重召开，邓中夏是大会主席团成员，并当选为候补中央委员。

1928年7月邓中夏和瞿秋白、周恩来、苏兆征等，代表中国共产党出席了在莫斯科召开的共产国际第六次代表大会。邓中夏提出的加强对中国革命的宣传和研究工作等建议，大部分被共产国际和党中央采纳。

10月初，邓中夏正式到赤色职工国际工作。他既是中华全国总工会驻赤色职工国际的代表，又是赤色职工国际中央执行局执行委员。他的任务是向我国介绍国际工人运动的经验，同时也向共产国际介绍中国工人运动的情况，建立二者之间的联系。邓中夏在驻苏联的第一年，就写了多篇文章，在《赤色职工国际》上发表，有的文章还被德国、美国的进步刊物转载。

在这些文章中，邓中夏介绍了中国工人运动的现状，揭露了国民党反动派屠杀中国工人的罪行，热烈歌颂了中国工人阶级英勇不屈的斗争精神。邓中夏满怀信心地指出，工农联盟和武装斗争将保证中国工人阶级最后会取得胜利。

在苏联的两年，邓中夏经常出席赤色职工国际及其所属各工会的会议，将中国工人运动的情况和经验介绍给各国工会，并争取各国工人阶级对中国工人运动的同情和支持。

为总结中国工人运动的经验，促进我国和国际工人运动的开展，邓中夏在资料极其缺乏的情况下，从1929年开始撰写《中国职工运动简史》，用生动的文字，丰富的内容，记述了中国工人阶级在党的领导下进行英勇斗争的事迹，是反映我国工人运动的第一部重要著作。

邓中夏在莫斯科期间，在苏联学习的中国工人和工会干部纷纷去看望他，把他当做自己的亲人，向他汇报学习情况。邓中夏尽管生活艰苦，但总是热情招待这些看望他的人。

1929年2月，苏兆征在上海不幸病逝。邓中夏得到消息后，非常悲痛，他立即撰写了《苏兆征同志传》来纪念这位好友。《苏兆征同志传》被印刷数千份，分发到各国工人代表，对各国工人了解苏兆征的革命事迹和中国革命的发展情况起到了巨大的宣传作用。

1930年7月，邓中夏听从党中央的召唤，告别了在苏联的妻子李瑛，离开莫斯科，回到祖国。

李瑛是邓中夏的战友李启汉的妹妹，1926年他们在广州结婚。婚后，夫妻二人在一起经历了无数的艰难困苦。邓中夏出国后不久，她也来到了莫斯科。这次回国，李瑛因为怀有身孕，不便一起行动，只能暂时留在苏联。

十六、洪湖来了邓政委

1930年7月，邓中夏来到上海，组织上分配他担任全国总工会党团成员兼宣传部长。随着中央红军力量不断壮大，根据地不断扩展，急需大批军队干部。邓中夏接受委派，前往湖北洪湖，任湘鄂西苏区特委书记和红二军团政治委员。

湘鄂西地理位置重要，在军事上，可以控制长江中游，直接威胁武汉三镇，是我党开辟的一块重要的根据地，邓中夏感到肩上的担子沉甸甸的。

盛夏的上海，天空时不时飘过几朵乌云，接着滴滴答答的小雨飘然落下，躲闪不及的人们纷纷躲避，但也有人专爱享受这上天的恩赐。上海的码头在小雨的洗涤下，显得格外凉爽。这时有一个穿着长衫、留着胡须，头上戴着一顶鸭舌帽的中年男人，挤上了前往湖北的轮船。只见这人四处打量了一下船上的情况，一群荷枪实弹的国民党士兵引起了他的警觉，他下意识地用手压低了一下鸭舌帽，然后选择了一个靠近角落的地方坐下。

国民党士兵不断地在船上走来走去，还时不时地上前盘问可疑人员。当船只走到湖南境内时，国民党士兵突然命令船长停船，几个卫兵用枪指着船上的所有人，喊道："大家听着，我们有任务，都给我老老实实坐在原地别动，我们执行完任务后再走，谁要乱动这枪可不长眼。"另一群士兵很快从船舱里抬出几箱东西，往船下走，士兵们抬着很费劲，看上去很沉，凭经验一眼就看出那是武器。邓中夏知道这是国民党军队在往苏区运送武器，这些武器运到后，不知多少红军战士将倒在血泊中。士兵们很快卸完东西又回到了船上，船只继续航行。

正当人们昏昏欲睡的时候，从船头方向传来一阵骚动，两个国民党士兵押着一个人往船后走，接着就见士兵开始挨个检查。正当人们纳闷儿之时，就见一个军官模样的人大声喊道："请给我听好喽，我们接到情报这船上有共产党，现在开始搜查，拒不接受搜查者，按共党论处。"说完，他转过身指着被押着的人说："他拒不配合，就是下场。"说着，两个士兵用枪托连续击打那个人，那人痛苦地倒在地上。

很快国民党士兵来到了穿长衫、戴鸭舌帽的邓中夏面前，一个士兵摘下了他的帽子，另一个士兵盘问道："干什么的？到哪里去？"邓中夏堆着笑脸说："到武汉去，做服装生意。"那个士兵上下打量了一番，看到这人，一身长衫、满脸胡须像个商人，没有发现破绽，就继续挨个搜查去了。

就这样，几天中，邓中夏与敌人同船而行，经历了无数次的险情，但他都随机应变，化险为夷，终于平安到达。

邓中夏到达洪湖地区后，受到了贺龙军长及当地红军战士们的热烈欢迎，他很快就投入到了战斗当中。

而此时邓中夏面临的形势是，以李立三为代表的党中央，由于错误估计了革命形势，夸大革命的力量，决定在各大城市发动总暴动，命令各苏区红军离开根据地进攻大城市。红二军团攻打沙市受挫后，湖北省总行动委员会又命令他们进逼武汉，配合其他红军夺取全省政权。

邓中夏分析了敌我形势后，认为红二军团打沙市受挫，现在进攻武汉，是不明智的，于是他连发4封急信，命令部队先集中在洪湖附近，等召开军事会议后，再执行中央指示。他给长江局转中央的信中明确指出：第二军团是否能担此重任，尚是问题，因其战斗能力实属有限。在当时背景下，邓中夏在执行中央路线时，只能尽量避免大的损失，其中三克监利县城，两次整顿二军团就是突出的例子。

9月20日，邓中夏召开前敌军事会议，在会上传达了中央令红二军团渡江与红一方面军配合行动的指示，然后根据红二军团的情况进行研究。邓中夏和与会同志一致认为，在未渡江前，首先要办两件事：第一，红二军团曾两次攻打监利无功而退，攻打沙市受挫，士气不振，因此在渡江前，应趁敌不备，再次打下监利，这样，鄂西苏区不至于因红军渡江完全抛弃，同时，可以振军威，并可声东击西，趁敌不备，使渡江作战奏效；第二，整顿军队，加强两军（原红二军和红六军）的团结。

监利县城紧靠长江北岸，是敌人阻截洪湖根据地南北交通的最大据点，而且敌人实力很强，群众也深受其害。攻打监利的行动开始后，监利和附近县的群众和赤卫队、游击队共七八万人支援，他们在战斗中送饭送水，配合战斗，起了很大作用。

这次战斗，一共歼敌2000多人，还缴获了一批枪械。

攻克监利后，邓中夏立即在县城召开湘鄂西苏维埃第二次代表大会，他做了政治报告，分析形势，鼓舞士气。

邓中夏根据形势分析，认为继续东进对我军不利，便毅然放弃渡江计划，改为北上攻取仙桃镇。这次攻打也取得了胜利。

部队出征后，邓中夏就得了疟疾，每天发作一次，他咬牙坚持，到战斗结束时才痊愈。不久，部队就转到峰口整训。

经过这段实践，邓中夏发现负责军训的干部，因为毕业学校不同，教法也不一样。战士们作战都很勇敢，但战斗动作很差。经他倡议，利用战斗间隙，对部队加以整顿，同时加强军事训练，以及政治形势教育。

经过努力,红二军团的政治、军事面貌和作风焕然一新。

尽管有许多干扰,但在邓中夏和贺龙等的领导下,红二军团仍取得了不少胜利。队伍扩大了,装备得到改善,根据地面积也大大增加。

邓中夏到湘鄂西根据地后,深感自己在领导红军斗争和根据地政权建设方面,需要加强学习,因此,他每到一个地方,都进行深入细致的调查研究,熟悉那里的环境、风土人情,倾听群众的声音。

在红二军团工作的一年多时间里,邓中夏也在反思自己的军事指挥能力,他深知在为配合红一、三军团攻打长沙,红二军团离开洪湖根据地,并带走了大部分地方武装,致使洪湖根据地受到摧残这件事上,自己有不可推卸的责任。因此,在多种场合,他说:"对于湘鄂西苏区,特别是二军团政治领导的错误,无疑应由我负主要责任。虽然我在二军团没有最后决定权,然而不论任何同志的意见,经过前委的决议,我就应完全负责。"

1931年底,邓中夏离开了湘鄂西苏区,再次回到上海。

十七、赤心可鉴

1932年,邓中夏在上海度过了最艰难的岁月,他被主持中央工作的王明等人定为"无情打击"的对象,他没有任何工作,没有任何收入,只能依靠爱人李瑛挣的微薄工资养家。

李瑛在一个纱厂当学徒,每月工资只有7块钱,他们租住的房子十分简陋,却还要3块钱的月租,一家人一个月的生活费就只有4块钱。即使在这种含冤忍辱、一贫如洗的生活下,邓中夏对党的事业仍然忠贞不渝。

后来,他被安排在沪东区委编辑油印小报《先锋》,由于他的认真负责,一丝不苟,《先锋》办得非常出色,报上的文章战斗性强,且生动活泼。上海党组织内部,许多人都知道沪东区委宣传部有个很会写文章的干部，遇有需要宣传的材料，都前去求援。

三八妇女节前夕，上海地下工会准备发动工人游行，因为起草的宣言不满意，就派做妇女工作的帅孟奇去找沪东区委那位能写的同志帮忙。

一天，帅孟奇早早地从家里出发，怀着忐忑的心情向沪东区委赶去，她一路上想象着见到这个人后的情景。他是个什么样的人呢？他会帮助我吗？他要拒绝怎么办？一路走着、想着，不知不觉帅孟奇来到了沪东区委。

她整理了一下自己的情绪，敲了敲门。当里面的人打开大门时，帅孟奇看到此人，吃惊地说："真没想到，原来是您！"而此时，邓中夏也认出了帅孟奇，赶忙把她让进屋里。原来帅孟奇在莫斯科学习时就认识邓中夏，她不明白，作为党的重要领导人，为什么到上海一个基层组织来工作？

邓中夏看出来她的疑惑，笑着说："共产党员嘛，哪里需要就到哪里。"

他谈笑风生，一边帮着修改《宣言》，一边向帅孟奇讲解向群众做宣传的方法。

在邓中夏的帮助下，三八妇女节前的斗争宣传不论从内容到形式都非常出色，这次斗争取得了成功。

三八妇女节前的游行示威斗争的成功，引起了国民党反动派的疯狂报复。他们对上海工人阶级轰轰烈烈的斗争，进行了疯狂的镇压，逮捕了大批人士，上海的工人运动也陷入了低潮。

这年夏天，设在上海的赤色互济总会、各省市的互济分会以及许多工厂、学校中互济会的基层组织，相继遭到敌人的摧残和破坏。秋天，党中央把恢复互济会的工作交给邓中夏，让他担任全国赤色互济总会主任兼党团书记。

邓中夏知道这个工作充满危险，但更知道这个工作开展得好坏直接关系到很多同志的生命，他愉快地接受了任务。他首先找到两位党员同志，把互济总会的领导核心中共党团建立起来；接着又陆续找到几位干练的同志，参加总会工作。

可是，参加总会工作的这些同志，并不是都对互济会有足够的认识。有一位同志要求到红军中去，他愿意和敌人进行真刀实枪的战斗。邓中夏找到这个同志，对他进行了耐心的教育："愿意搞武装斗争是好的，武装斗争确实很重要，但白区斗争也是不可缺少的。""一个革命战士不能以痛快或不痛快作为选择工作的标准，重要的是服从革命的需要。"

他还指出，互济会既然是"最危险、最困难、别人最不喜欢的岗位，经得起考验的同志就应该义不容辞地站上去"。

这位同志听了邓中夏的这些话，改变了看法，坚定了做好互济会工作的决心。

为了恢复互济会的各项组织，邓中夏到处找人谈话，进行联络。他常常用化名去参加一些群众集会，虽然很多人不知道他是谁，但他留给群众的印象很深刻，只是这种抛头露面的工作对他来说太危险了。

他多次在上海工作，主持过上海大学的工作，又直接领导过工人运动，因此上海的很多工人，甚至敌人都认识他。一天晚上，邓中夏化名"老杨"，去参加一个工人座谈会，并在会上讲了话；接着，又参加了讨论。讨论时，一位老工人当着邓中夏的面说："听老杨同志讲话，使我们想起了邓中夏同志。"还说"老杨"和邓中夏口音差不多，并询问邓中夏，是不是邓中夏的老乡。

当时，国民党政府正在到处悬赏缉拿邓中夏同志，这位老工人的话，引起了同志们对邓中夏安全的担心，大家建议他今后不要再在公共场合讲话，并尽量减少外出活动。胡允恭还提醒邓中夏："上海一定有很多反动分子认识你，须得万分小心。"

邓中夏说："我们要善于隐蔽，但不能为了安全而失去与群众的联系，假如我们不与群众紧密在一起，我们便毫无作为，那敌人也用不着害怕我们了，我们也就失去一个革命战士的作用了。"

经过邓中夏等的努力，被破坏的互济会在短时间内纷纷恢复起来，会员人数大幅增加。各阶层中同情革命的人士通过多种形式被组织起来，营救被捕同志和救济其家属的工作得到广泛开展。

1932年11月3日，邓中夏爱人李瑛因进行革命活动，被敌人逮捕。

邓中夏一面请著名的史良律师去狱中探视，设法营救；一面写信托人带给李瑛，要她在狱中向一位姓朱的同志学习英语，坚持斗争，他在信中说："你要知道，牢狱是极好的研究室呀！每天读书，又可以消除寂寞烦恼。"

李瑛被捕后，他本人的处境也更加危险，但他仍像以前一样开展工作。

1933年春天，日军对华北地区发动进攻，全国人民积极抗日，上海人民在共产党的领导下，建立了"国民御侮自救会"等抗日群众团体。

邓中夏领导的恢复上海互济会组织的工作基本完成，他号召各级互济会组织召开会议，揭发和控诉日本侵略者的罪行，印发抗日传单，进行抗日宣传，还要求各级互济会会员团结广大人民群众，建立各种抗日团体。、

邓中夏领导的这些抗日活动很有成效，但又遭到错误路线的干扰和破坏。由于当时的中央领导顽固地坚持"左"倾冒险主义的错误做法，不能听取邓中夏等同志的建议，而敌人又掌握了一些党员的活动规律，有几十位同志被捕，"国民御侮自救会"被反动政府关闭。

邓中夏对于不断传来的同志被捕的消息，非常痛心。他不顾个人安危，投入了艰难的营救中。他以上海工人、学生、劳动群众的名义写了要求立即释放被捕者的抗议书。

抗议书发出后，产生了很大影响，邓中夏打算发动上海各界人民开展一个声势浩大的签名运动，迫使反动政府释放被捕人员，并准许"国民御侮自救会"活动。

在这场营救大有进展、斗争激烈的关键时刻，由于叛徒的告密，邓中夏不幸在法租界被法国巡捕房逮捕了。

十八、营救失败

1932年4月8日，时任共青团沪西区委书记的刘宏被捕，在敌人的劝降下，他于5月30日向国民党淞沪警备司令部自首，转而加入中国国民党，敌人为了放长线钓大鱼，将他立即释放，希望他"戴罪立功"。

当时党组织并不知道刘宏已叛变，所以派互济总会援救部部长林素琴到他家慰问。刘宏向她谎称，敌人没有查到证据，教训了他一顿就放他回家了。林素琴信以为真，安慰他说："你先休息数天，再行工作好了。"当时刘宏本想密报拘捕林素琴，但是考虑到就这样贸然抓捕，一来林素琴身上没有物证，二来又不知其确切地址，抓了也无法判罪，自己叛变的情况也暴露了，所以当时没有报告。

此后的几个月，林素琴也没有来找刘宏，刘也一直没有碰到她。直到1933年春天，刘宏常常看到林素琴到沪西小沙渡去，而后刘就开始注意她的行踪。原来，在1933年三四月间，中共江苏省委决定于五一节在上海市中心举行"飞行集会"和大示威，并布置邓中夏发动革命群众参加。林素琴就是接受邓中夏命令，到沪西小沙渡发动产业工人参加五一节活动的。由于"左"倾冒险主义的危害，在五一节的活动中有60多位同志被捕，江苏省委组织部部长黄励，在五一节前因奉命主持一次大规模的抗日集会，也被国民党逮捕。邓中夏听到这些不幸的消息后万分悲痛，他气愤地对身边的同志说："这简直是拿同志们的生命当儿戏。不知什么时候，我们的这些所谓理论家们，才懂得只有长期积蓄力量，才能与敌人进行决战这条真理！"

5月11日上午8时，刘宏看到林素琴在小沙渡槟榔路口，坐上一辆人力车，他就秘密跟踪。人力车停在法租界环龙路骏德里37号，林素琴下了车，看看四周没人，转身上了楼，刘宏记下了这个地址。以后的三四天内，刘宏从早到晚就守在该处，观察她的进出及行踪，确定这儿就是林素琴的住址后，立即报告上海市公安局，公安局长文鸿志当即派人去法国巡捕房，报请协同拘捕。

1933年5月15日晚，邓中夏离开自己的住处，到法租界环龙路骏德里37号去找林素琴研究和布置工作。他刚到不久，法租界巡捕房就派来大批巡捕、暗探，将邓中夏和林素琴逮捕，并在屋内搜出了大量的革命传单和书籍，以及《列宁生活》《互济生活》等刊物，还有救济会费用收据账单等。

敌人本来是搜捕林素琴的，没想到意外抓到了邓中夏。当时敌人并不知道他的真实身份，邓中夏也一口咬定他叫施义，在湖南当教员，是来上海访友的。邓中夏想了很多办法脱身，因为在敌人没有掌握证据的情况下，只要有人证明担保，是有希望出狱的。邓中夏还托人带信给互济会的律师史良，信中说："我因冤枉被捕，请史良律师速来巡捕房和我见面。"具名"施义"。史良接信后，立即去嵩山路巡捕房，并用3个大洋支走了巡捕。邓中夏对她说："我担任重要工作，请设法营救。"邓中夏虽然没有说出自己的身份，但以十分信任的态度相托，使史良十分感动。她当即问邓中夏，可有什么证据落在他们手里？邓中夏回答说没有，只是走错了房屋，才被错捕的。史良听后说："这个案子我接了，你在法庭传讯时务必什么都不要承认。"邓中夏点了点头。

邓中夏被捕后，互济会也立即展开了多方面的营救活动，还将这一消息报告给了中国民权保障同盟主席宋庆龄，请她设法营救。宋庆龄不负重托，约史良到自己家里，和她商量如何营救邓中夏，特别是不能让国民政府将他引渡到南京去。

5月16日，设在法租界的国民党江苏省高等法院第三分院开庭审讯。上海市公安局派人来要求把施义"引渡"到上海市公安局，由该局处理。史良表示坚决反对，当天未作裁定。5月23日，高三分院第二次开庭，法庭作出对施义"不准移提"的裁定，但同时又作出将林素琴移交上海市公安局的裁定。

林素琴被引渡后，由上海市公安局交给了国民党特务机关"中央党部调查科"，在机要科长顾建中的威逼利诱下，她很快叛变了，她不但承认了自己的身份，还供出施义就是中共中央委员邓中夏，去年被捕的李瑛就是邓中夏的妻子。

早在邓中夏被捕的第二天，已经在狱中的李瑛就得到了消息。那天，狱里的几个同志被提取受审，在候审室里遇到了邓中夏，见他手脚已被电刑烧焦，身上布满红肿青紫的伤痕，回来后，就把这些情况告诉了李瑛，李瑛听后非常心痛。

7月26日早晨，李瑛突然听到要提审她的消息，心中充满了不祥的预感。法庭已经判她3年4个月的有期徒刑，现在又突然让她出庭，是不是邓中夏的事情呢？她想无论如何不能承认，那样的话邓中夏或许还有生路，谁都知道邓中夏在党中的地位，敌人知道了他的身份，就凶多吉少了。想到这些，她给自己打气，要坚持，可是她已经半年多没有见到邓中夏了，她太想见到邓中夏了，她有些紧张，生怕自己克制不住激动的心情，哪怕是一点儿细微的动作眼神，都可能被敌人看出什么。

她被士兵押着，进了法庭，审判长看着她说："今天叫你来看一个人，这个人就是你原来的丈夫邓中夏。"原来她入狱后，为了掩护自己，假称和邓中夏已经离婚了。

审判长看到李瑛表情平静，进一步对她说："这件事对你大有好处，如果说了实话，证明他就是邓中夏，我现在就可以放你出去。"

李瑛冷冷地说："认识就认识，不认识也不能冤枉人！"

审判长冷笑着说："好，好，你认认看。"

她被带到一个犯人候审的小屋里等着。

邓中夏迈着有力的步伐走过来，从房门口过去了。

李瑛又被带到法庭上，她见邓中夏泰然地站在那里，大褂的纽扣扣得整整齐齐，只是头发很长，头右侧有一块大的伤疤，还往外渗着血水……

看到邓中夏被摧残成这样，人也消瘦了很多，李瑛心里有说不出的悲痛。

审判长坐在高高的审判台上，一直密切盯着两个人的一举一动。

李瑛抬头看看邓中夏，恰巧邓中夏也转过身来看她。邓中夏很快转过身去，坚定地对审判长说："我不认识这个女人。"

审判长气得大叫："没有问你，你为什么说话？"

审判长对李瑛说："你抬头看看，是不是认识他？"

李瑛干脆地说："我没有见过这个人。"

审判长不死心，又叫道："你再看看，一定能认识。"

李瑛仍然坚定地说："不认识！"

审判长没办法，只好宣布退庭。

但恶劣的情况并没有因为李瑛和邓中夏的不相认而得到改变，敌人没有因为对质失败就轻易否定林素琴的口供，又从多方面侦查核实，结果查明"施义"确实就是邓中夏。

国民党中央党部调查科如获至宝，随即报告了蒋介石。当时蒋介石在江西南昌，拍给南京宪兵司令谷正伦一封电报："速将共产党人邓中夏押解到南京。"国民党中央党部和南京宪兵司令部，立即派大员去上海，会同上海市公安局和上海警备司令部等机关，为"引渡"邓中夏进行紧张的活动。他们不惜花费重金，收买了法租界巡捕房，并以国民党中央的名义，强令高三分院作出准许邓中夏"移提"的裁决。

9月5日，高三分院最后一次提审施义。这次开庭时，法庭内外布满了全副武装的国民党军警，门口还停放着国民党上海警备司令部的黑色警备车。法庭上的气氛异常紧张，坐在律师席上的，除了史良，又多了一个恶名昭著的上海市警备司令部的法律顾问詹纪风，他的两旁和身后还站着一些军警，为他助威。法官照例问被告姓名、年龄、籍贯后，紧接着就问上海警备司令部法律顾问詹纪风有什么请求，詹将早就准备好的一件公文交与审判长，指明施义就是中共著名领导人邓中夏，警备司令部奉中央密令要求引渡。邓中夏拒不承认自己的身份，但是高三分院的法官们慑于国民党中央的密令，竟不顾一切，作出将该案移交国民党军事机关审理的"裁定"，警备司令部的军警随即一拥而上，将邓中夏押往上海警备司令部拘留所。从此，邓中夏失去了被营救的希望。

很快，邓中夏被押解到南京宪兵司令部，国民党秘密审讯了他。

法官问邓中夏："你叫什么？"

邓中夏笑了笑，说："我想你们早知道了，不要作这个例行文章了。"

法官令书记员写上"邓中夏"，然后又问："什么职业？"

邓中夏理了理很长的胡子，微笑地说："你不知道我是共产党员？"

"都犯过什么罪？"法官又问。

邓中夏直截了当地说："我没有犯罪！"

法官生气地大声说："你危害民国！"

邓中夏从容地一笑，说："这算什么罪？像你们这样贪污腐化、屠杀人民的政府，早就该推翻了！"

法官答不上话来，涨红了脸，转移话题，问："你在共产党里都做些什么？"

邓中夏说："谈起这个，那就多了。谅你们也知道，我领导过京汉铁路二七大罢工，把曹锟、吴佩孚吓得手忙脚乱。我领导过省港大罢工，几十万人把英帝国主义困得无可奈何。要不是我们中国共产党和广大人民群众的英勇斗争，你们的蒋委员长怎么会有今天？"

他的声音忽然变得激愤起来："可是，你们竟然忘恩负义，背叛革命，举起屠刀残杀共产党人，屠杀工农群众！我问你，没有共产党，没有广大革命人民，你们的国民政府是哪里来的？你们的民国是哪里来的？"

他抬起头，愤怒地说："这几年，你们执行不抵抗政策，把大好河山，一枪不放地送给敌人，可怜东北三千万同胞，就这样白白地遭受糟蹋、蹂躏，你说说，是谁危害民国？"

法官坐不住了，大声说："我今天不是和你在这里争论这些问题，我问你，你在共产党里到底担任什么职务？"

邓中夏坦然地说："我是中国共产党中央委员，红二军团的政治委员,其实,这也不用问,你们特务机关的档案里,早就都有了。"

法官继续追问:"还有什么?你还做过什么?"

邓中夏大声说道:"算了,不要问了,凭你们的法律,邓中夏这三个字,就够判几个死刑了!"

邓中夏仰头哈哈大笑,笑声回荡在审讯室内,久久不绝。

法官不知道邓中夏为什么发笑,茫然地问:"你,你笑什么?"

邓中夏说:"你明明知道我不会说,还问我干什么?这不是多余吗?"

法官被弄得面红耳赤,说不上话来。邓中夏嘲讽地说:"今天就唱到这儿吧,可以休息了。假如你想让戏演得热闹些,我建议你们可以举行公开审判,像这种没有观众的戏,何必再演下去呢,我看可以收场了。"

国民党的这场审问,就这样灰溜溜地结束了。

为了劝降邓中夏,敌人派了曾任中共驻共产国际代表,后叛变革命的余飞来说服邓中夏,被骂得狗血喷头。国民党又派了一个所谓"理论家"来劝降,邓中夏对他说:"请你告诉你们的中央委员,假如你们认为自己是有理的,中共与邓中夏是有罪的,那么,就请你们在南京举行一次公开的审判……""谅你们的蒋委员长第一个便不敢这样做。"

为了让邓中夏屈服,敌人对他使用了种种酷刑,均以失败告终。

十九、浩气永留雨花台

日子一天天过去,曾审问邓中夏的法官,已经明白了像邓中夏这样的共产党人,是不会屈服的。可是为了能向上级交代,不得不做足表面文章,接下来的日子里又审问了邓中夏三四次,每次审问的时间都不长,他们没有得到任何有价值的东西。

半个月过去了,经过几次审讯和与国民党派来的要人的谈话,邓中夏明白自己最后的日子不多了。

但是，共产党和民主人士并没有放弃营救的计划和行动。曾任上海大学校长的国民党元老、监察院院长于右任，因在上海大学和邓中夏共事多年，关系很好。他听说邓中夏被关进宪兵司令部后，多方奔走，要保邓中夏出狱。主管的人借口是蒋介石要办的，无法从命，拒绝了于右任的要求。

邓中夏在狱中，除了对敌人进行针锋相对的斗争外，还抓紧一切机会对难友进行教育。当时共产党正处在王明"左"倾冒险主义路线统治时期，各地党组织遭到严重破坏，许多优秀的共产党员遭到敌人杀害，少数不坚定的分子成了叛徒。狱中的一些共产党员，看不到革命胜利的前途，思想上也很苦恼。针对这种状况，邓中夏常以讲故事的方式宣传革命必胜的道理，鼓励难友们坚持斗争，在恶劣的环境中锻炼和考验自己。

邓中夏不顾敌人的折磨，坚持在狱中给同志们上党课，讲马列主义。有一次，他受完重刑回到牢房，就接着讲上次未讲完的课，结果牵动了伤口，血不断流出来。但他一边擦血，一边坚持讲完，听课的难友忍不住泪湿衣襟，更被他顽强的精神所激励。

他对同志们说："共产党人被捕后要有骨气，要坚强，在任何情况下，不能失去气节。"

他在狱中写下了这么一段话："一个人不怕短命而死，只怕死得没有价值。中国人很重视死，有的重于泰山，有的轻于鸿毛。为了个人升官发财而活，那么苟且偷生的活，也可以叫做虽生犹死，真比鸿毛还轻。一个人能为了最多数中国民众的利益，为了勤劳大众的利益而死，这是虽死犹生，比泰山还重。人只有一生一死，要死得有意义，死得有价值。"

邓中夏嘱咐同志们站稳党的立场，坚定革命意志，还应该学会做各种人的工作，对叛徒也要做工作，减少他们的破坏性。他自己就做过不少这样的事情，当时，常有一些人装扮成"犯人"，到监狱刺探情报。邓中夏一方面提醒大家提高警惕，一方面给这些人做工作。一次，他对一个"犯人"说："你是什么样的人，我不问你。我是共产党，但你看我像不像国民党所说的青面獠牙、专门杀人放火的人？我看你是个年轻的朋友，你们缺乏政治经验，要小心上当。"

但监狱就是监狱，四处笼罩着死亡的恐怖，每周都有人被杀害。这一切并没有使邓中夏有丝毫的畏惧，他每天照常谈笑自若。

狱中秘密党支部特意派人在放风时问他："大家想知道你的政治态度怎样？"

邓中夏说："问得好！请告诉同志们，我邓中夏就是烧成灰，也还是共产党员！"

支部领导深为感动，动员大家照顾邓中夏吃饭，并说："他是我们党的中央委员，不能让他最后的日子那么苦。"

邓中夏在生命的最后时刻还在坚持学习。在生命之火即将熄灭之时，他给党中央写了最后一封信，深情地说："同志们，我与大家告别了，你们继续努力奋斗吧！最后胜利终究是我们的！"

在所有企图破产后，敌人决定杀害邓中夏。

1933年9月21日黎明，反动军警来押解邓中夏。这个消息惊醒了全监狱的难友。大家都望着邓中夏同志，他们心里都明白，邓中夏即将遭到敌人的杀害，难友们心里都有说不出的悲痛。这时邓中夏没有显出丝毫恐惧，他镇静自若地走了出去，一面高呼："打倒国民党！中国共产党万岁！全世界无产者联合起来！"难友们被他慷慨激昂的口号所感动，他们用滚滚泪水送别了这位无产阶级的英雄战士。

邓中夏被宪兵队押上汽车，秘密开到了雨花台刑场。临刑前，军法官问他：

"这是你最后的悔过机会了，你还有什么话要说吗？"

邓中夏斩钉截铁地答道："我一生从未做过需要后悔的事，我也没有什么话要对你们说。"

他接着又说："对你们当兵的人，我有一句话说，请你们睡到半夜三更时好好想一想，杀死了为工农大众谋福利的人，对你们自己有什么好处？……"

不忘初心　缅怀先烈

军法官害怕邓中夏进行革命宣传，立即命令开枪。

在雨花台下，邓中夏英勇地献出了宝贵的生命，牺牲时，年仅39岁。

中国人民在中国共产党的领导下，经过长期艰苦卓绝的努力，推翻了腐败的国民党政府，建立了伟大的中华人民共和国。邓中夏同志生前所说的"革命一定会取得胜利"，终于实现了。

新中国成立后，每年都有无数人，怀着崇敬的心情，从全国各地到雨花台凭吊革命先烈。邓中夏烈士的光辉事迹，已成为鼓舞广大人民在全面建设社会主义现代化国家的伟大事业中，战胜各种困难、创造英雄业绩的强大精神动力。

附录　邓中夏生平年表

1894年10月5日，出生于湖南省宜章县邓家湾村。

1901年，发蒙于族办私塾增经门学，1907年转学到樟桥小学。

1911年，入宜章县高等小学堂，1913年考入郴郡六城联合中学（今郴州一中）。

1915年春，考入长沙湖南高等师范学校文史专修科。

1917年，随父进京，考入北京大学国文门（中国文学系），在李大钊的引导和十月革命的鼓舞影响下，开始研究马列主义，并积极投入当时的反帝爱国斗争，成为学校中的积极分子。

1919年1月，创办《国民》杂志。3月，发起组织旨在"增进平民知识，唤起平民之自觉心"的北京大学平民教育讲演团，带领讲演团的同志到街头演讲，使群众懂得了许多反帝反封建的道理。5月4日，和北大同学一起，参加了具有历史意义的反帝爱国运动；5月6日，北京中等以上学校学生联合会成立，被推举为北京联合会总务干事。

1920年3月，在李大钊的领导下，与罗章龙等秘密组织了马克思学说研究会。

1920年5月，来到长沙，和毛泽东商量成立湖南学生联合会，并加入全国学生联合会。

1920年10月，参加北京共产主义小组，是中国共产党早期成员之一。11月，北京社会主义青年团成立，成为这个组织的成员。

1920年11月，创办进步刊物《劳动音》；1921年初，创办长辛店劳动补习学校，在工人群众中宣传马克思主义。

1921年8月，中国共产党领导全国工人运动的总机关中国劳动组合书记部在上海成立，担任北方分部主任，负责领导北方工人运动，先后领导长辛店铁路工人大罢工和开滦煤矿工人大罢工。

1921年中国共产党正式成立后，中国社会主义青年团临时中央局也在上海组成，同年12月，任社会主义青年团北京地方执行委员会书记。

1922年5月1日，作为长辛店工人的代表，出席在广州召开的第一次全国劳动大会。同年7月，出席党的二大，被选为中央执行委员；会后，当选为中国劳动组合书记部主任，总部由上海迁到北京。

1923年2月，参与发动和领导京汉铁路工人二七大罢工。4月，受李大钊推荐到国民党和共产党合办的上海大学任校务长，聘请了蔡和森、瞿秋白、恽代英、张太雷、萧楚女等一大批共产党员到校任教，为党培养人才。

1923年6月，在党的三大上被选为候补中央委员。

1923年8月，中国社会主义青年团第二次全国代表大会在南京举行，被选举为中央执行委员会委员，参与主持团中央的工作；10月，参与创办团中央机关刊物《中国青年》。

1924年，中国工人运动掀起高潮，离开青年团工作岗位，专心致力于上海工人运动，撰写大量文章，对工人运动、青年运动、农民运动和士兵运动等方面的重要问题提出了很多卓越见解。

1925年2月，领导上海日商纱厂工人大罢工。

1925年4月，离开上海前往广州，筹备并组织第二次全国劳动大会，成立中华全国总工会，任秘书长兼宣传部长。

1925年6月，为响应五卅运动的号召，组织和领导了著名的省港大罢工。

1927年4月12日蒋介石发动反革命政变后，坚决主张在南昌举行武装起义。8月7日，参加了中共中央在汉口召开的八七会议，坚决拥护会议确定的土地革命和武装反抗国民党反动派的总方针，被选为临时中央政治局候补委员；后任江苏省委书记，在大革命失败后的严重白色恐怖中，来到上海恢复党的组织，传达八七会议精神，领导开展武装斗争。

1928年2月，被派往香港，任广东省委书记。2月末，在香港被捕入狱，经周恩来等组织营救，出狱后回到上海。

1928年3月，与苏兆征等启程赴莫斯科，出席赤色职工国际第四次代表大会，被选为赤色职工国际中央执行局委员。6月18日，出席了在莫斯科召开的中国共产党第六次全国代表大会，当选为候补中央委员。

1930年7月，从莫斯科回到上海。9月，被党中央派往苏区，任湘鄂西苏区特委书记和红二军团政委。

1931年1月，中共六届四中全会王明夺权后，被撤掉全部职务，于1931年底回到上海。

1932年秋，担任全国赤色互济总会主任兼党团书记，从事国民党统治区的地下工作。

1933年5月15日，在互济总会援救部部长家研究和布置工作时，被上海法租界巡捕逮捕；国民党中央党部收买了法租界巡捕房，被引渡押解往南京。

1933年9月21日黎明，在南京雨花台英勇就义，年仅39岁。